中公文庫

猫

クラフト・エヴィング商會
井伏鱒二／谷崎潤一郎 他

中央公論新社

はじめに

これは、懐かしい猫の本です。

今からおよそ五十年前、昭和三十年に中央公論社より発行された『猫』という小さな本を、このたび少しばかりアレンジして作りなおしてみました。あらたにおまけも付けてあります。

元になった小さな本は、すばしっこくて逃げ足が早く、あまり見かけることのない珍しい本です。古本屋の親父さんも「ふうむ。これはたしかにあまり見ない」とニコニコしています。ニコニコしてしまうのは、これがじつはとても良い本だからです。本当に良い本は、読んだ人がなかなか手放さず、古本屋の親父さんもほとんど見たことがありません。

いわば幻の猫。

しかし、猫は気まぐれな生きものですから、皆がすっかり忘れてしまった頃に突然ひょっこり現れます。おそるおそる近寄って小さな頭を撫でてみると、意外におとなしく喉を鳴らしたりして、なつかしいというよりも、なつっこい奴です。

——そう思ったとたん、時間が消えてなくなりました。このたったいま、そのあたりをうろついていた野良猫と、半世紀前の幻の猫が平然とすれ違い、彼らが依然として、同じひとつの時間の中に居ることを教えられます。

その一方、人間たちの時間は、ずいぶん奇妙に歪められてしまいました。どのくらい有利な時間を得られるかの競争ばかりです。でも、どんなに競ったところで、すばしっこい幻の猫を誰も捕まえることが出来ません。

いいチャンスです。この機を逃さず、せめて尻尾ぐらいつかんでみてください。あ、急がないと、もう次の頁へ消えてしまいますよ。

目次

カバー・本文デザイン　吉田浩美・吉田篤弘
（クラフト・エヴィング商會）

猫

お軽はらきり

有馬頼義

一

姉の家に、血統のいい牝猫がいた。それが子を産んだ時、牡と牝を一匹ずつもらつて来て、お軽、勘平という名前をつけた。猫嫌いの妻も、二匹の子猫がじやれ合つているのを見ると、可愛らしいと思うらしく「いつまでもこんなに小さいまゝだといいわねえ」と言つたりした。

何故私が二匹もらつて来たかというと、お軽、勘平という対《つい》の名前が面白かつたのと、きようだいの猫が果して将来夫婦になるだろうかという、かねてからの疑問を解決したかつたからだ。

けれども二匹の子猫は、もらつて来る早々ひどく手がかゝつた。二匹そろつて腹下しをはじめたのだ。何しろ一晩のうちに、砂の上がいつぱいになり、子猫達は床の上にまで垂れ流した。その始末に一苦労だつた。朝、箒を持つた妻が私を起して、

「あたしには気持が悪くて手がつけられないわ。お掃除が出来やしない」とこぼした。

私は兵隊の時に、炭の粉をのんで下痢をとめたことがあつたのを思い出して、それを猫にやつてみたが、少しもきゝ目がない。仕方がないから家畜病院へ行つて黄色い薬をもらつて来た。その時に、猫というものは元来肉食獣なので、そういう時には、生《なま》のひき肉をやるのが一番だと聞いて、それでやつとひと月目に下痢をとめることが出来た。

病気が直ると、子猫達は猛烈に腹をへらした。勘平の方は、食べ物の匂いがしなければあきらめているが、お軽の方は、一日中ひとの顔をみて鳴いた。妻がうるさがつて、

「どうしてお軽はこううるさいんでしょう」と言つたので、私はこう答えた。

「女だからさ」

しかしそれからは、無事に子猫達は大きくなつた。子猫達の母親は、はつきりペルシア系の特徴を持つていたが、お軽、勘平になると、牛乳を水で薄めたように、その特徴が稀薄だつた。しかし雑種であるために、母親の持つていない、平凡な、市民性があつた。二匹をくらべると、お軽の方に幾分濃く、母親の特徴が残つていた。

一年程経つと、最初のさかりがついた。よその牡猫が、毎日お軽のところへ集まつて来た。さかりというのは、牡に起る現象ではなくて、牝が発情して独特の匂いを発散し、そ

れが牡を呼ぶのだという。しかしよその牡が集まって来ても、勘平は、至極のんびりと眠ってばかりいた。

「それみろ。猫も女の方が早熟だ」と私は妻に言った。

しかしお軽のところへ、あんまり沢山の、それもひどく図体の大きな奴ばかり集まるので、私も妻も心配した。二匹が、夜出入りするために開けてある穴から、二、三匹の牡どもがは入って来て、家の中で大格闘をはじめたりした。

それ等の牡どもに囲まれたお軽は、やはりまだ子供で、弱々しく見えた。残酷な気がした。血統のいい犬や猫を飼っている人は、その時期には「ふんどし」みたいなものをさせるそうだが、私達も本気でそんなことを考えた。お軽が純潔を失うということについて、私は興味がある一方、感情的にも無関心ではいられなかったのだ。

一匹の牝猫を囲んで、三匹、五匹の牡どもが睨み合っている光景を見ていると、いったいどういう順序で、話し合いが成立するのか、想像もつかない。それは何かの秩序によるのか、それとも暴力によって行われるのか。

一匹の牝猫に、毛並の違った数匹の子猫が産まれる。一匹ずつ父親が違うのだという説もあるし、何匹かは同じ種だとも言われる。猫を専門的に研究している人が少ないので、どれが正しい説なのか素人《しろうと》にはわからない。私はこの目にそれを確かめたかつた。しかしお軽の場合、確実なデータは出なかつた。私は一日中彼等を見張つていたのだが勇敢な一匹の牡がお軽にかゝつたのを見ただけで日が暮れてしまつた。一晩中お軽は牡どもに囲まれていたらしく、朝になつて、憔悴して帰つて来た。

勘平は無関心だつた。それで彼は、帰つて来たお軽と遊ぼうとして、ちよつかいを出した。するとお軽はおこつた。勘平はびつくりして飛びのいた。

そんな日が幾日か続き、お軽の目つきが悪くなり、毛並は艶を失い、おど〳〵と落着かなくなつた。しかしそのうちに牡どもは姿を見せなくなつた。お軽は疲れ果てて、一日中眠つてばかりいた。

二

それから何日位経つただろうか。私はお軽の様子が、何となく変なのに気がついた。抱こうとすると、おこつて、唸つた。

「何処《どこ》かが痛いんだ」と私は妻に言つた。

　全身を調べてみて、私はお軽の左の下腹に、小さなしこりがあるのを発見した。それに触れると痛がるのだ。しかし私達は、そのしこりがそれ程重大だとは考えなかつた。ようやく、これはいかん、と思つたのは、そのしこりが目で見える大きさになり、お軽がいたそうにびつこをひいて歩くのに気がついてからだつた。

「医者にみせよう」と私は言つたが、妻は笑つて、

「だつて、さかりがついたんでしよ。別にどうつてことはないわよ」と言つた。

「しかし、こんなに痛がる筈はない」

「あんまり沢山の牡にいじめられたからよ。ほつとけば直りますよ」

　そしてまた二、三日様子をみた。お軽はとう〳〵起き上ることも出来なくなつた。それで私は、前に薬をもらつて来た病院へ行つて若い獣医を呼んで来た。

「小便がつまつているんですよ。このかたいのは膀胱《ぼうこう》です」と言つてから、獣医は「弱つたなあ」と呟いた。

　私は「弱つたなあ」の説明を求めた。

「犬や馬だと、しばりつけておいて、どんな治療でも出来ますが、猫は、どんなに縛つてもぬけてしまうんです」

「麻酔を打ったら」と私は言った。

「きかないんです。きくだけ打てば、死んでしまう」

「こわいわ」と妻はおびえた。

「じゃあ、方法はないんですか」と私はきいた。

「二、三人で上手に抑えられれば、手で押して、少しは尿を出せるんだが……」

「それをやって下さい。手を貸します」

「やってみましょうか」と若い獣医は渋々袖をまくり上げた。私はお軽を助けたかった。

医者が片手で、前肢を二本つかんだ。私が片手で後肢をつかみ、片手でお軽の口を抑えた。ところが医者がまだ何もしないうちに、私のつかんでいた後肢がするりとぬけて、医者の手を引っ掻いた。医者は悲鳴を挙げた。私は医者にあやまって、今度は、額から汗の流れる位力を入れて抑えつけた。お軽の脚の骨が、私の指の骨にめり込んだ。

医者が片手で膀胱を押すと、お軽は尾をふるわせ、唸り、それから黄色い尿を少し出した。二度、三度くり返したが、あとは出なかった。

「今日はこの位にしておきましょう」と医者は言った。医者と私は、一、二、三、と掛声をして、同時に手をはなした。どれか一本の手脚が少しでも早く自由になると、その爪が人間をひつかくからだ。しかしお軽は、ぐつたりとしていた。

お軽の容態は、悪化して行つた。医者は毎日来て膀胱を押し、注射を打つたが、しこりは少しずつ大きくなつた。そんなことが一週間も続いたころ、ある朝、起きてみると、お軽の姿が見えなくなつていた。

「毎日痛い思いをさせられるんで逃げ出したんだわ」と妻は言つた。獣医はその日も来たが、患者が逃亡しては手の施しようがなかつた。

私が勘平に「お軽をさがして来い」と言つて外へ出してやると、勘平はのつそりと庭を一まわり歩いてから、家の中へは入つて来て、ごろんと寝ころんだ。妻は、それを見て笑つた。

猫は死体を人に見せない、という説がある。しかし私は、猫を死ぬまで看《み》とつてやつた人を知つているし、老衰した猫が、飼主の蒲団《ふとん》の中で死んだのも見ていた。お軽の場合はしかし、私の見ているところで目をつぶる筈だ、という盲目的な感情があつた。

「毎日痛い思いをさせられるから」という妻の言葉が私をとらえた。

獣医の誤診だつたのではないか、ということが、突然私の頭に来た。医者は、尿がたまつて膀胱がふくれたのだと言つたが、その理由が判然としない。それよりも、さかりの時に何処かに炎症を起して、それが化膿したと考えた方が当つていやしないだろうか。それは膀胱ではなくて、たとえば子宮とか卵巣とか、或いは腹腔外の腫物だつたのではないか。お軽が、排尿出来ずに苦しんでいたという確証はないし、あれだけ押せば、尿位出るだろう、と私は考えた。だから、お軽が姿を消したのは、死に場所を探しに行つたのではなくて、医者の誤診に無言の抗議をしたのではないだろうか。

しかし当のお軽がいなくなつた以上、どつちが正しいとも言えなかつた。私は獣医に、千円近い金を支払つた。

夜半に何処かで猫の声がすると、はつとして目が覚めた。私は起きて行つて戸を開け「お軽」とその度に呼んでみずには居られなかつた。しかし三日経つても四日経つても、お軽は戻つて来なかつた。

三

私の家の東隣りに、老父母が住んでいる。お軽が失踪してから、ちようど十一日目の夕方、母がけたゝましく私を呼んだ。私は妻と一緒に父母の家の茶の間へかけつけた。そこにお軽がいたのである。

　私は、泥だらけになつたお軽を抱き上げようとした。すると、手に生温かいものがべつとりとついた。見ると、血と膿《のう》のまじり合つたものだ。私ははつとして、力のないお軽を仰向けにして腹を見た。しこりのあつた場所の毛が、一寸四方程きれいにむしりとられ、薄桃色の地肌に、小指の先程の傷口が、ぽつかり口をあけていたのだ。その穴から、白つぽい腹膜《ふくまく》が見えた。血と膿はその穴から溢《あふ》れ出していた。

「いつたい、どうしたんです」と私は母にたずねた。

「ごはんをたべていたんですよ。そしたらお父様が、あれはお軽に似ているねつておつしやつたの。ひよいと見ると、お軽みたいな猫が、よろ〳〵歩いて来るから、お軽つて呼んだんです。そしたらこつちを見て、ふら〳〵と上つて来たの。あなたの家へ帰る途中で、此処《ここ》まで来たら力つきたつて風だつたわ」

　私は妻にミカン箱を持つて来させ、その中にお軽を寝かせた。お軽は、傷を上にして、待つていたように、ぐつたりと横たわつた。

「牛乳でもやりましょうか」と母が言うのをさえぎつて、私はそつとお軽の傷口をしらべた。穴のまわりを指で押すと、血膿が、どくつと流れ出した。私はその血膿が、腹膜と皮膚の間から出ているのを確かめた。それで牛乳をもらつてお軽の口のところへ持つて行つてやつた。お軽はうまそうになめた。しかし口のまわりについた牛乳をきれいになめとるだけの力はなかつた。

不思議なことばかりだつた。どんなに腫物が化膿して大きくなつても、腫物自体が、腹の皮を破つて外へ流れ出す筈はない。だとすれば、お軽が自分で外科手術をしたとしか考えようがない。腹の中の圧迫感に耐えられずに、そこの皮膚を自分の歯で喰い破つたのだろうか。それとも、何処かの鉄条網か、竹のとがつたところへ、腹を押しつけて穴をあけたのだろうか。——私は考えているうちに、寒気を覚えた。正《まさ》しく獣医の誤診だつたのだ。お軽は、そうすれば、楽になることを知つていたに違いない。生きたかつたのだろう。

しかし家を出て十一日間、何処にいたのか。何をしていたのか。そして今お軽は、死に帰つて来たのだろうか。それとも、死の影は既に消え去つて、こうしておけば傷は自然になおつて、あとは食物と手当と安静が必要だと感じたから戻つて来たのだろうか。

私はミカン箱をそつと持つて自分の家へ帰り、丈夫な頃お軽がいつも寝そべつていた場所にそれを置いた。私は一晩中お軽の傍にいた。お軽は殆んど目覚《めざめ》ることなしに、静かに呼吸をしていた。勘平が一度傍へやつて来て、お軽の匂いを嗅《か》いだ。お軽は髯《ひげ》のところをかすかにふるわせただけだつた。

翌日、若い獣医がやつて来た。傷口をしらべ、私達の話をきいて考えていたが、結局よくわからない、と言つた。彼は幾分具合悪そうにお軽の傷口を消毒し、破傷風にならないように腹帯をまいておいてくれ、と言つて帰つた。妻が笑いながら腹帯をつくつて、巻いてやつた。お軽はもう何をされてもじつとしていた。

「とんだ六段目だつたな。お軽の方が切腹した」と私は言つた。

二、三日すると、お軽は箱の中で坐つた。私はやつと愁眉《しゅうび》をひらいた。また二、三日すると箱から出て、そろ〳〵家の中を歩きはじめた。自分で傷口をなめるようになると、動物だけに恢復は早かつた。一ヵ月程で、お軽はもとのようになつた。

当分の間、私達の間は、お軽のことで持ちきつていた。私達は様々な議論をし、意見をのべ合つた。しかし結局、その十一日間の謎は、解く方法がなかつた。猫に、考え、予想し、判断し、処置する能力があることは、信じ難い。それは、本能と呼ばれる範囲内でしか考えられなかつた。獣医の誤診したというのは考えすぎであるにしても、私達は、死の時を、延期させ、中止させることが出来るのは、人間だけだと考えていたようである。

「不思議ねえ」

「猫は、やっぱり魔性《ましよう》ですよ」

女達はそう言つた。

友人の家で、奥さんが妊娠した。ところが前後してその家の飼猫もはらんだ。猫が子を産むと、その奥さんが流産した。その次にその奥さんが妊娠した時も、また猫がはらんだ。そして猫が子を産むと、奥さんはまた流産したそうである。奥さんは我慢が出来なくなつて、今度妊娠したら、猫を捨ててくれと友人に頼んだ。その次の時に、友人は言われた通りにした。奥さんは無事に子供を産んだ。

私は、その奥さんの流産が猫のためだとは思わなかつた。猫が腹に子を持つている期間は百日前後だから、人間が一番流産しやすい時期だと言うことが出来る。しかし、お軽の場合は、私にも説明が出来なかつた。

私はしかしこの事件で、獣医の誤診を確認した。その後お軽の排泄《はいせつ》作用は、普通の猫と少しも変りがなかつた。最初獣医の言つたように、はれたのが膀胱で、それが破れたのだとしたら、お軽はこうしては居られない筈だ。傷口からのぞいた様子では、子宮でも卵巣でもなかつた。それはたゞの腫物だつたのだ。しかし私は、若い獣医を軽蔑する気は少しもなかつた。

ともかくお軽は、こうして死から帰つて来たのだ。勘平ともよく遊ぶようになつた。気のせいか、前より少しおこりつぽくなり、反面私に対しては、甘えるようになつた。

二匹とも夜は私の蒲団の上で眠つた。夜半に目がさめると、私は左足を持ち上げてみる。重ければそこに勘平がいた。右足は軽かつた。それはお軽だ。私はそれを確かめてから、また深い眠りには入つて行つた。

四

夏になると、またさかりの時期が来た。私も妻も心配した。妻はこう言つた。

「お軽だつて、もうこりてるわよ。うまく逃げて帰るでしょう」

私はその時はじめて、最初の時に、お軽は妊娠しなかつたのだろうか、と考えた。一匹の牡のかゝるのを、私は確かに見たのだ。腫物のために流産したのだろうか。この問題も疑問のままだ。

しかし妻の言う通り、今度のお軽には、明らかに変化が見られた。牡どもにとり囲まれても、彼女自身は少しも心を動かしていない風に見えた。牡が来るのだから、発情していない筈はないのだが、お軽には経験者の貫禄《かんろく》があつた。そして私は、今度はとう〳〵牡がお軽にかゝるのを確認出来なかつた。お軽はやはり朝になつて帰つて来た。

「逃げて帰つて来ればいいのにねえ」と妻はやきもきした。

面白いのは、今度は勘平も、一人前な顔をして、しきりにお軽に挑《いど》んだ。牡どもが来ている時、勘平は遠くの方から困つたような顔をして眺めていたが、お軽が家の中へは入ると、飛んで来てお軽を追い廻すのだ。しかし、お軽は、勘平を問題にしていなかつた。うるさそうに逃げて歩き、それでもやめないと、歯をむいておこつた。すると勘平はしょげ込んだ。結局勘平はお軽の歓心《かんしん》を得ることが出来なかつた。

「こんなにきらわれる勘平さんは、はじめて見たね」

「やつぱりきようだいつて、夫婦にはならないのかしら」

私達はそんなことを話し合つた。しかしそれは結論的なものではない。勘平の態度には、まだ、子供がじやれているという風なところがあつて、どうも勘平自身、あの巨大な牡どもを敵に廻し、めしも喰わないで戦うという必死なものがなかつた。私は、もう一度待とうと思つた。

猫というものは、三カ月後には、ちやんと子供を産むものなのに、どうしたことか、お軽の腹はいつこうにふくれなかつた。前の時は流産にしても、今度は出来そうなものだと思つたが、とう〳〵お軽は妊娠しなかつた。

「不妊症よ」と自分も子供のない妻は言つた。

「猫に不妊症があるだろうか」と私は首をかしげた。先天的に子を産まない牝というものは、常識では考えられない。

「そうすると、あれは腫物ではなく、やつぱり婦人科だつたのかな」

「だつて、腹膜の外だつて言つたじやないの」

「そう思つたんだがね」

私はまたわからなくなつた。

すると、夏の盛りを過ぎる頃、妙なことが起つた。私の家の庭先に、二階建ての倉庫があつた。二階の廂《ひさし》や羽目の節穴に、雀が沢山巣をつくつていた。お軽がそれを見つけたのだ。彼女はある時勇敢にも外の羽目をよじ登り、二階の窓の廂に上つた。其処《そこ》から手をのばして、巣の中の雀を爪にひつかけて、ひつぱり出した。獲物を口にくわえると、お軽は用心深く方向転換をし、かなり時間をかけて地面へおりた。雀は、尾の羽だけ残して、みんな喰つてしまつた。お軽は日課のように其処を襲撃《しゆうげき》した。

ある夕方、ちようどお軽が、獲物をくわえて、方向転換しようとした時に、私が下を通りかゝつて、何気なく、

「お軽！」と呼んだ。

トタン張りの廂の上だつたし、お軽は不意をうたれて脚を踏《ふ》み外した。猫のことだから、そのまゝ下まで落ちれば何の事もなかつたのだが、運悪くそのすぐ下に、一階の窓の廂が出ていた。口に雀をくわえているために自由を失つていたお軽は、空中で姿勢をたてなおす余裕がなくて、下の廂にいやという程背中をぶつけ、一回転して地上へ落ちた。彼女はしばらく呆然《ぼうぜん》としていたが、それでも雀は離さなかつた。私は怪我《けが》をしたのではないかと心配したが、お軽はすぐ気をとり直して雀を喰いはじめた。背中を押してみても痛がらなかつた。

私はその小事件をすぐに忘れてしまつた。今でも、そのことがお軽の死と直接関係があつたかどうか、わからないのだが、――その年の秋の終り頃に、とう〳〵不幸な時がやつて来た。

五

お軽は、ひどい食慾不振に陥つた。一日中何も喰わずに眠つてばかりいた。三回目のさかりの時期が来ていたが、今度は牡どもは一匹も来なかつた。勘平が、時々思い出したように変な声を出して挑んだが、お軽はその度に歯をむいて、勘平を近づけなかつた。

食慾不振が昂《こう》じると、今度は吐いた。食物は勿論、水さえのどを通らなかつた。お軽は痩《や》せた。私が名前を呼ぶと、薄目をあけて、かすかに鳴いた。私は、何かを訴えられているような気がするのだが、それが何であるかわからなかつた。不思議に今度は、最初から絶望があつた。

私はある日、お軽の吐いた、泡立つた黄色い、僅かばかりの液体を始末しようとして、はつと胸をつかれた。その吐瀉《としゃ》物に、糞のにおいがあつたのだ。何故私がはつとしたのか、自分でもよくわからなかつたのだが。恐らく私はその時、吐いたものに糞のにおいがするというのは、それが胃から出たものではなく、一度腸へ行つたものが逆流したに違いないということを、――また何故そういう現象が起つたかと言えば、腸の何処かで、前の怪我により癒着《ゆちゃく》があつて、腸を閉塞《へいそく》したために違いなく、それを直すためには、開腹手術以外に手段がないだろうということを、咄嗟《とっさ》に、そういう順序で、しかし極めて直感的に考えたに違いなかつた。私はしかし、そのことを誰にも言わなかつた。黙つて、お軽の様子を見ていた。

妻は、医者を呼んだら、と言ったが、私は、

「もういい。お軽のことは、俺が一番よく知つているんだ」と答えた。

ある夕方、お軽はゆつくりとからだを起し、ちよつと私の顔を見てから、よろ〳〵と外へ出て行こうとした。妻が見つけて、

「あなた。お軽を出さない方がいいんじやないの。あんなにふら〳〵して危ないわ」と言つた。しかし私は黙つていた。妻はお軽を追つて、つれ戻そうとした。私は妻をおしとゞめた。

「お軽は、死にに行くんだ」

妻は、ぎよつとして私を見た。私自身も、その言葉が自分の口から出た瞬間に、はつとなつた。そんなことを言うつもりはなかつたのだ。お軽は、私のそばで死ぬことを信じていたのではなかつたか。

「まさか」と妻は言つた。

「いや、ほんとうだ。行かしてやろう」

妻は戸口までかけて行つて「お軽、お軽」と呼んだ。しかしお軽は立ち止らなかつた。よろよろと、夕闇の這いよる木立の下を歩いて行つた。

それから三日程して、近所の人が、土手の草を刈つていて、お軽の死骸を発見した。私はすぐに箱を持つて引きとりに行つた。

お軽は、すゝきの中で、私の家の方へ頭を向け、手脚をのばして死んでいた。口を少し開き、目もひらいたまゝだつた。四肢はもう硬直していた。私の家の方へ頭を向けていたのは、もう一度家へ帰ろうとしていたのではないかと、ふと思つた。

私が家へ戻ると、妻は黙つて私を見た。私は妻に向つて笑つて見せた。私にしても、お軽にしても、これ以上どうすることも出来なかつたのだ、という意味のつもりだつた。

私はお軽を庭の隅へ埋めた。惜しいとも、可哀そうだとも感じなかつた。この場所に、私はもう十数匹の猫の死体を埋めたのだが、しかしお軽が一番私の心に近付いてくれた。お軽に関する限り、わからないことだらけだつたが、それでも誰よりも私が一番よく知つていたのだということが、私を満足させた。

六

以来、私の家には、勘平だけしか居なくなつた。私はもうきようだいが夫婦になるか、などとは考えていない。しかし、お軽、勘平と揃つてこそ、この名前も面白いが、勘平だけになつてみると、ひとが不思議に思うようだ。

客が来て由来をきくと、私はお軽の話をしてきかせるのだが、あれからもう三年も経つているのに、話しながら、思わずほろりとすることがある。

みつちやん

猪熊弦一郎

猫は、その家について、家族にはつかないと、よく言はれるが、僕等が戦時中吉野村に疎開した時、ミッちゃんといふ牡猫と、タヌ子といふ牝猫を一緒につれて行つた。着いた当日だけは、何かこれは勝手が違つたぞといふ風で、うろ〳〵きよと〳〵してちつとも落着がなく、めしもろく〳〵喰べなかつたが、二、三日経つともうすつかりなれてしまつたらしく、日当りのいい縁側で、眼を細くして居眠りを楽しむ風景が見られる様になつた。妻も「これは東京の家に縁側が無かつたから、かへつて素敵な場所を見つけたと思つて悦んでるのよ」と言つた。

その頃は、人間も食糧難の真最中であつたから僕等が二匹の猫までつれて引越したことは、その村でも相当重大な問題になつたらしい。

僕達は百姓家の八畳を二間借りて生活を移して居たが、すぐ隣室は唐紙一枚へだててそこにはおぢいさんと息子夫婦、それに当時師範学校に通学の長男を頭に六人の子供が居た。引越したその夜、牡猫の名を「みつちゃん！」「みつちゃん！」と呼んで居ると、その度に、「オー」「オー」と唐紙をへだてた隣室で返事をする声が聞えて居たが、別に不思議にも思はなかつた。翌朝になつて、下から三番目の男の児が、「おらあ先生がみつちやんみつちやんて呼ぶからさ、そのたびに返事しただ。あーんだ、あれ猫かあ」と歯を出して笑つた。それから何となく牡猫をあまり大きな声で呼べなくなつた。

僕等の疎開は食糧には何かにつけて不自由だつたが、眼には実に豊富な美の糧を与へてくれる土地であつた。朝早く庭先に出ると、目の下に相模湖《さがみこ》がまるでミルクを流した様に静かな水面を休ませて居て、冷々と明け行く湖水はまつたく幸福な風景であつた。僕達夫婦はどこへ行つても、その土地に逸早《いちはや》くなじんで了《しま》ふくせがあつて、その中の良さと直ぐ仲良くなり得るから、どこにゐてもたのしいが、猫達はさうではなかつたらしい。僕達が居たから、辛抱して一緒に暮しては居たが、本心は毎日毎日が実に不安な日であつたらしい。見知らぬ土地、部屋、人々、凡《すべ》てが猫達には安住の地ではなかつたのだ。みつちやんは雑種の虎斑《とらふ》であつたが、身体も他の猫より数等大きく、毛並はまるでフランス・ビロードの様に美しくかゞやいて居た。それに性質が実に鷹揚でやさしく、人間をちつとも恐れず、誰にでも可愛がられて居て、丁度シートンの動物記に出て来る名猫アナロスタンによく似て居た。それで僕の内ではひところアナロスタンと呼んで居たこともあつた。

それが疎開とともに段々ひねくれて野性に返つていつたから、日増しに眼の表情が強く険悪の情をたゝへ、挙動が実にひようかん、迅速になつて、僕達のやる食事は余り喰べなくなつていつた。野原で野鼠を捕り、山で虫類を追ふ様になつて、ます／＼家庭の安泰な生活が面白くなくなつた様である。夜は遅くまで山を歩き、湖水の水ぎはに水をのみ、まつたく一年位の後には毛並もすつかりつやを無くして荒々しく強く、身体も一廻り大きくなつてしまつて、見るからに野性そのものの様になつて行つた。

或日の事である。一人の百姓のおかみさんが血相を変へて僕達の庭先に立つて、何やら大声でどなつて居る。隣家のおばさんがなだめすかしながら応対して居る。みつちやんがその百姓のおかみさんの家の鶏を殺したと言ふのである。やつと卵を生み始めたばかりの若鶏は、その頃ではまるで金の卵でも生む鳥の様に貴重な宝の鶏であつたらしい。

それをみつちやんが失敬して、トヤから後向に引きずり出してくはへて逃げる現行犯を見つけられたのださうだ。やつと死骸だけは取りもどしたもののあいつはひどい泥棒猫だ、先生に言つて、死んだ牝鶏とそつくり同じものを返して貰つてくれと言つてどなり散らしてゐるのである。その当時、卵を生んで居る鶏は、闇値で目が飛び出る程高く、しかも、生み初めたばかりの鶏となると、その村では大金を積んでも中々手には這入らない状態であつた。おばさんはうまく「先生に話してやるから」と言ひふくめ、なだめすかして、火の様になつてがなり立てて居るおかみさんをやつとのことで返して了つた。

「先生、こまつた事が出来ただ」と言つておばさんは以上の事を伝へてくれた。これはまつたく僕達には難題であつた。そつくり同じ状態のとりをかへせと言つたところで、不可能な相談であつた。この話は、小さな村の事であるから一日の中に知れ渡つて了つた。そのためにこの牡猫は、前科者としてきつと村人に事毎にいぢめられるに違ひない。さうでなくても、僕達は疎開地で何かにつけ、小さくなつて遠慮勝ちに生活して居たのだから、みつちやんのこの無思慮ないたづらが、大きな苦痛になつた。相手は動物である。然《しか》も一度その味をおぼえると、二度、三度、くりかへすに違ひない。困つた事よと、炉端でおばさんをかこんで妻と共に色々と善後策をねらねばならないことになつた。

さうでなくとも、疎開先に、猫二匹も一緒につれて来て村人の不評を買つて居る矢先き、問題は段々大きくなりさうであつた。思ひあぐんで居る所へおぢいさんが山から帰つて来た。老人は、もう帰途その話を聞いて来たらしく、「先生、みつちやんがえれえ事しでかしただね」と言つて、炉端に腰を下しながらキセルに火をつけた。

老人はしばらくだまつて考へこんで居たが、やがて、「先生一本はずみませうかナ。すりや後はわしがええ様にしますだよ」と云ふ。

「そんな事でおぢいさん、いいんですか、何しろ死んだ牝鶏と同じ奴を返せつていつても、むちやですよ」と僕もホト／＼困つて泣きごとをいつた。

「でも先生、一本も中々やつかいですぜ」と、ぢいさんは首をかしげた。

なる程、その当時、酒一升見つけることは難事中の難事であつた。一本はずんで謝まれば、これで一先《ひとま》ず安堵といふところだが、はたしてうまく行くかどうかが問題であると思つた。一本が成功する迄は、まつたく枕を高くして安らかに眠る気にもなれなかつた。みつちやんは、何事もなかつた様に、相変らず、夜は遅く、朝は早くから家にはほとんど居なかつた。

数日の後やつと上酒が手に入つたので、金一封をそへて、うちの老人を講和使節に立てた。山に登る道の中腹にある、ほとんどかたむきかゝつたまづしい百姓家である。僕は、野の散歩によく立ちどまつて屋根が中々面白いので眺めたことがある家である。道端に面したところに雞《にわとり》の小屋が無雑作に建てられて居て、白色レグホンが数羽餌をあさつてゐたのもみかけた。老人は、一升ビンを風呂敷に包んで、野良着のまゝで出懸けて行つた。

妻は心配らしく炉端でおばさんと一緒に老人の首尾を待ちつゝ、おばさんにすゝめられる焼きいもものどには通らぬ風であつた。

やがて老人が帰つて来た。老人は若い時、東京の電気会社に働いたこともあり永く住んでいたので中々の物識《ものし》りで、田舎でも相当の顔役であつた。

「先生、うまくまとめて来ましただ。御安心下さい」老人は出懸ける時、先方に貴重な一本を出す時、その代り、鶏の死骸はこちらに渡せと切り出す腹で居た。

「帰つて今夜は先生と一緒に鶏鍋でもつゝける位の積りで行きましたが、まあ先生、聞いて下さい。初めはおやぢのやつ、どうしても死んだ牝鶏と同じでなきやいやだと言ひはつてゐましたが、そこへ折あしくおかみさんが帰つて来て、火に油でさあ、しばらくがなり立てられ、『お前ちの先生はなんだ。人間が喰へねえつて時に、猫まで東京から持つて来やがつて、ごくつぶし、死んだ鶏をそつくり返せ、他の鶏ぢやいけねえ』と、まるでわつちがどなられてる様でさあ。言はせるだけ言はせて置いて、火の手が下火になりかゝつた時一本をおやぢに向けてのぞかせました。したらどうです。おやぢの火の手がぱつたり消えたぢやねえですか。おかみはつゞけさまにがなつてましたが、おやぢの火の手が落ちたので、そのまゝてれくさくなつたか家へ這入りました。そこでわつちは、先生も大変恐縮してござる、すまねえと言ひつゞけだ、こゝで気持良く、一杯やつてくんろと、出してやつたらどうです。田舎者でさあ、こくりと頭を下げやがつて、急にすまねえ、と下手に出て来たから、それぢや死骸は俺んちにもらつて行くぜとかぶせてやつたら、丁度その時横で見て居た末つ児が『とうちやん、鳥喰ひたい！』とやつたんでたうとう今夜の鶏鍋はおじやんになつちまひましたが、まゝ、このとこ上々の首尾でさア、御安心なすつて」と老人は気持よく笑つた。それから金一封を取り出して「かうなりや、何もこれをやることああリませんや。持つて帰りました」と紙包を前に置いて又大きな明るい笑ひを笑つた。

まつたくこれでやれやれだ。

「ところで先生、みつちやんですが、みつちやんは一度あの味をおぼえると又やりますぜ。向ふのおやぢは、これからあの泥棒猫めは毎日首に縄をつけてしばつて置いてくれと言ふんです。さもなけれやこんど見つけたら最後、腰つ骨おつぽし折つてやるからと力んでましたから、当分は庭の木に可哀相だがゆわくんですね」と言ひ渡された。

可哀さうな事になつた。みつちやんはそれからは、庭のシュロの木の下にむしろを敷いてやり、首に縄をかけられたまゝ、静かに観念したらしく横たはつて居たが、時々眼をかゞやかせてはるか遠くの湖水の方をながめ、過ぎし日の愉快な思ひ出に心踊るらしく、一度は力のつゞくかぎり縄にていかうをこゝろみるが、たうとう又あきらめてか、むしろの上に長くなつて眼を細くして了ふのであつた。僕は一日に何回かは犬の様に散歩をさせて居たが、段々空襲は激しくなつて、東京の爆撃、八王子の爆撃、吉野村のＰ51の銃撃等、みつちやんの事にもかまけて居られなくなつて了つた。段々やせ細り毛並はまばらになつて、あの美しいアナロスタンの優姿はどこにも見られなくなつて了つた。

でもよくみつちやんは生きぬいた。人間の苛酷の世界に巻きぞへを喰つて、然しだれをうらむこともなく、あの潑剌《はつらつ》たるみつちやんの青春は犬の様に自由を失ひ野性は沈められ、いためられて、忍従とあきらめの世界の中に一年有余の年月を人間の苦悩の犠牲となつた夜、私共と寝ることが、唯一の幸せであつたにちがひない。然し性質は益々すさび、しひたげられ、動物とはいへ、全然別の動物を見る様に変りはてて了つた。

終戦後まもなく、爆撃からのがれた東京のアトリエに久々でみつちやんもタヌちやんも帰つて来た。

しばらく二匹はきよとんとして居たが、やがて思ひ出したか、いきなりいつも自分の通路になつて居た窓枠に、ヒゲと胴体を、いかにも久々の恋人に会ふ様にこすりつけてよろこんだ。又、再びみつちやんとタヌちやんの、自由の生活がよみがへつた。タヌちやんは、それから四匹の子供を次々に生んだ。みつちやんは日と共に又美しい毛並をつけ、タヌちやんを守りつゝ僕達が見て居てもうらやましい程仲むつまじい二匹になつた。猫の世界にも戦争があつた。人間が苦しみあへぎ、生きぬいた様に、この小さな動物もやはり、その空気の中から、ちよう然と遊離は許されなかつた。私は幾度、みつちやんの縄を切つてこつそり野にはなつことを考へたか知れない。みつちやんの自由の為に。然し、再び懐しい元の住家に共に帰り得て、溌剌たる世界を持つことが出来た時、これで良かつたと思つた。みつちやんはその後帰つてからも、鶏を一匹とつて来たし、相当のいたづらを働いて居たことを知つて居たが、最早《もはや》みつちやんには犬の様な縄はなかつた。

それから三年程前までみつちやんは私のアトリエで老齢を重ね、やすらかに僕と妻にみとられ乍《なが》ら幸福に死んで行つた。私はスケッチブックを取り出して、みつちやんの静かな死顔を描いてやつた。妻はバスケットの中にオリーブの花を一杯つめてやつた。

庭前

井伏鱒二

今年の夏、私のうちでは庭に蜥蜴《とかげ》を見かけなかつた。いつも夏になると、縁の下から這ひ出して、庭をちよろちよろしたり石の上で日向《ひなた》ぼつこをしたりする。つくばひにのぼつてゐることもある。それを私のうちの三毛猫が襲ふ。猫は蜥蜴をくはへると、自慢さうに人間に見せてからどこかに棄《す》てに行く。それが今年の夏は一ぴきも蜥蜴を見かけなかつた。私の思ふに、蜥蜴は私の居間の床下の、それも囲炉裡の下の台石のところに住んでゐるらしい。見たことはないのだが、どうもそんなやうな気持がする。

今年は蝦蟇《がま》も見かけなかつた。気候のせゐかもわからない。足長蜂の巣も見なかつた。姿が蜂に似て、土のなかに穴をあける昆虫も見なかつた。私はこの昆虫の名称を知らないが、これが中型の青虫を庭石のそばに運んで来て、一心不乱に深い穴を掘つて行く。この穴のなかに、青虫を入れると砂粒を口にくはへて埋めて行き、口でそこを叩きならしてからどこかに飛んで行く。いま一つ、この昆虫より十倍も大きくて派手な縞《しま》のあるやつが女郎蜘蛛をくはへて来て、やはり土に深い穴をあけるとそのなかに蜘蛛を入れ、後脚で乱暴に土をかけて穴をふさぐ。最後に土をならすには、後向きになつてお尻の先でもつて目もとまらぬ早さで搗《つ》きならす。何といふ名前の昆虫か知らないが、今年の夏はこんな生物も見かけなかつた。あるひは天候を予測して、来る場所を変更したのかもわからない。小鳥なども、降雨の多い年には木の高い枝に巣をかけると云はれてゐる。

蛇も見なかつた。もつとも、この荻窪に来て私が蛇を見かけたのは、青大将を一度に蝮《まむし》を一度見ただけである。青大将は、私のうちと道ひとつ隔てたお隣りの垣根の外にゐた。近所の小さな子供が、「やあ大きなメメズだ、大きなメメズだ」と不穏な声で騒ぐので何ごとかと出て行つて見ると青大将であつた。私はその子供に青大将といふのだと教へてやつた。やつと口をきけるぐらゐな子供のことだから、まだ蛇を見たことがなかつたのだらう。

蝮は町内の蛇屋で飼つてゐたのが逃げて来たものと思はれる。この辺に蝮がゐるわけがない。私もそれを見たときには、すぐには蝮だと判断できなかつた。この蝮は私のうちの庭にゐた。その前の月に、私のうちでは植木屋が来て庭木の枝をおろし、お湯屋がそれを持つて行つた後、散つた木の葉を庭の隅に掃き寄せておいた。それが枯葉になつたので、私は燃してしまふつもりでマッチを持つて行つて枯葉の堆積のところにしやがんだ。マッチが空だつた。それで部屋に引返してライターを持つて行くと、私のうちの猫が枯葉をバサッバサッと叩いてゐた。枯葉の上にゐる蛇の頭を叩いてゐた。

蛇は全身に斑紋を持つてゐた。そんな筈はないと思ふのに、茶色と黒の斑紋が大島絣《おおしまかすり》にそつくりである。それが私のすぐ目の前にゐる。やはり蝮だと気がついた。私は息を殺し、半ばしやがみかけてゐる姿勢を、そろそろ伸ばして静かに身を退けた。

猫は左手と右手で交互に蝮の頭を叩いてゐた。猫といふやつは左利きも右利きも区別がないやうである。左手で叩くときも右手で叩くときも、蝮の鎌首をもたげてゐる頭上を正確に打つた。蝮は打たれるごとに鎌首を下げて行つて、その首を枯葉の上に置いた。すると猫は、片手を揚げたまま前後左右を見廻した。子猫に蝮を見せたいつもりなのだらうか。それとも、よその猫か犬の来るのを警戒するためなのだらうか。きよろきよろと辺りを見廻した。その隙に蝮がさつと猫を目がけて首を伸ばした。猫は、まだきよろきよろしながら、ちよつと手を引くだけでうまく蝮の牙を避けた。蝮は鎌首をあげて、続けさまに猫の手を襲つた。しかし猫はちよつと手を引込めるだけである。蝮の体勢で、どこまで頭が伸びるか猫は正確に知つてゐるのに違ひない。必要以上には避けないで、蝮の口と殆《ほとん》どすれすれの程度まで手を引込める。

この闘争は同じやりかたで繰り返された。蝮は叩かれるたびに首を垂れるが逃げようとはしない。猫は相手を叩くが、相手が首を垂れると、落ちつきなささうに前後左右を見廻してゐる。いづれ猫は油断して嚙みつかれるかもわからない。私はそれが気になるので、焚火《たきび》用の鳶口《とびくち》をもつて蝮の頭をおさへつけた。その瞬間、猫が蝮の首に飛びついた。蝮は首のところから皮を鞘《さや》に剝がれ殆ど全身、赤肌の裸になつてゐた。これが一瞬の出来事であつた。私は猫に何の合図もしないで鳶口を使つたが、猫は前もつて私と打ちあはせてゐたかのやうに振舞つたのである。電光石火といふ形容が当つてゐる。

蝮の剝げた皮は、裏返しの短い筒になつて、その母体の赤肌の胴の末につながつてゐた。尻尾の細い先だけが皮の筒尻から少しのぞき、蛇の舌のやうに震へてゐた。猫はそれを嬉しがつて仰向けに引つくり返り、後足で蝮の震へる尻尾をからかつた。蝮は頭の部分だけ皮を残した無慙な姿に変じ、可成《かな》り弱つてはゐたが心底から腹を立ててゐるやうであつた。赤肌の鎌首をもたげて猫に嚙みつかうとした。猫は遊びふざけてゐる脚を素早く引込めた。

私はこの情景を子猫に見せたいと思つたので、鳶口の先にかけて蝮を縁先のところに持つて来た。しかし子猫は出て来なかつた。親猫は仰向けに引つくり返つて筒尻からのぞいてゐる尻尾を後足でからかつた。蝮は孤立無援ながら急に立ち直つて、鎌首を高くあげて猫の足を覗《うかが》つた。猫は起きあがつて、前足で左右交互に蛇の頭を叩いた。これが正攻法と思はれる。もう辺りを見廻すことは抜きにして、蝮が鎌首をもたげる力がなくなるまで叩きつけ、蝮の首に噛みついた。とどめを刺すといつたところだらう。

私は炎天に立つてゐたので汗びつしよりかいてゐた。汗まで蝮の青臭いにほいがしてゐるやうな気がしたので、裏の井戸端に行つて顔を洗つた。それでもまだ赤肌の蛇が目にちらつくので、風呂場で頭から水を浴びて口も含嗽《うがい》した。

「おい、縁先に蛇がまだゐるかね。ちよつと見てくれないか」

風呂場からさう云ふと、

「いま三毛がくはへて、どこかへ棄てに行つたやうです」

と家内が云つた。

縁側に行つてみると、框《かまち》に鳶口が立てかけてあるだけで蝮も猫もゐなかつた。私は枯葉の堆積に燃しつけながら、さつき万一ここに猫がゐなかつたら、自分はどんなことになつてゐたらうと思つた。

鳶口はいつも柘榴《ざくろ》の木に立てかけておくのである。これは戦争中に買つた防空演習用具の一つだが、私のうちでは穴ぼこで紙屑や芥を燃すときの焚火用に使つてゐる。

（昭和二十九年十月）

「隅の隠居」の話　猫騒動

大佛次郎

「隅の隠居」の話

今朝は、うちの「隅の隠居《いんきょ》」が死んだ。

「隅の隠居」は、この家で十五年も飼つてゐたお爺さん猫である。物の本に依ると、猫は生れて最初の一箇年に、二十歳だけ齢を取る。それから後は一年毎に人間の四年分づつ年齢を加へて行くのださうだから、十五年で死んだ猫は、人間で云へば七十五六歳の勘定となり、先づ尋常以上の天寿と云つてよい。

「隅の隠居」の本名はミミと云つた。これは小猫の時分に外耳炎を患つて二つの耳が縮れてしまひ、ひどく特徴のある面つきに成つたせゐだ。ミミは、耳の意味である。猫は二つの耳が薄く鋭く、ぴんと突立つてゐてこそ猫らしく見える。耳のないミミ公は、誰れが見てもおよそ猫らしくなく、可愛げのない猫だつた。おまけにその後に皮膚病を患つて、つや〳〵としてゐた黒い毛が脱け落ち、禿《はげ》だらけに成つて了つたので、若い時から爺むさかつた。病気ばかりしてゐるし、これは長生きは出来ないだらうと思はれてゐたのだが、ほかの丈夫な猫が早く死んでも、ミミ公だけはいつまでも生きてゐた。いよ〳〵爺むさく汚なくなり、耳のない奇妙な顔をよそから来た客に見せるのが羞《はずか》しいくらゐであつた。写真で見ると、仏蘭西《フランス》の大詩人ポオル・ヴェルレエヌと云ふのが若い時から才槌頭《さいづちあたま》で爺むさい顔をしてゐた。

「こいつはヴェルレエヌに似てゐるよ」

と或る時、私が云ひ出すと、妻はいつの間にか、ミミ公をヴェルちゃんと呼び出した。ミミ改めヴェル公は、すつかり年を取つたせゐか、他の猫のやうに外へ出て落葉を追つて駆け廻つて遊ぶこともなく、始終、億劫《おっくう》さうに家の内のどこかに、ぢつと蹲《うづくま》つてゐた。それも妙に人なつこい性質なので、必ず私たちがゐるところに来て坐つてゐた。禿げちよろの毛皮の外套を着て、西洋の乞食が、ぶしよつたく坐つてゐるやうな感じであつた。汚ないから他の猫のやうに人が膝に乗せてやらないのだ。

ミミ公は年とともに、この孤独にも慣れて来たらしく、いつも孤立して超然としてゐた。戦争中、この家でも女中がゐなくなつたので、三度の食事を座敷まで運ばせる手間を省かうと云ふので、時分どきには私も台所へ行き、流しの前に卓を置いて食事は勿論、茶をのむのも新聞を読むのも台所ですることに成つた。簡易生活だつた。時には客ともこゝで話した。ミミ公も従つていつも台所に来て、棚の上や床《ゆか》の片隅に、坐つてゐた。

「これは猫ですか、耳はどうしたんです？」

と、疑問を抱く客もあつた。

ミミ公はいよ〳〵年をとり孤独の味を加へて来た。私たちのゐる側に必ず置物のやうにぢつと蹲《うづくま》つてゐるのだが、それも遠慮がちに邪魔にならぬ隅の方に位置がきまつてゐる。

「隅の隠居」の綽名《あだな》はそれから生れた。

「けふは隅の隠居はどうしました？」

と、友人が尋ねてくれるくらゐに家の中で異色のある存在となつた。

注意して見ると、「隅の隠居」は耳が木くらげのやうな形に縮んでゐるだけではなく、他の猫と違ひ、あまり人に媚びない。超然として目をあいてゐるし、超然として居睡りをしてゐる。際立つた特徴は、食物をねだつて啼《な》くことがないことである。私が台所へ入つて暮らすやうに成つてから気がついたのは、五匹ゐる猫の四匹が一つ皿で食事するのに隅の隠居だけは他の猫から離れて、ひとりだけ別の皿で食事することである。世話をする妻が無精をして、一つ食器しか出さないと他の猫は争ふやうにして貪り食ふのに「隅の隠居」はちらと目をくれるだけで、空腹の場合も黙つて立去るのであつた。贅沢な奴だなと私は云つた。

しかし、見てゐると、その卑屈でない態度が気持よかつた。「隅の隠居」には「隅の隠居」らしい気概があつて、心に染まぬことは決して譲歩したり妥協しないのである。年を取つて体力も弱り、歩くのにもよろ〳〵してゐたが、他の若い猫が御隠居の皿に首を突込まうものなら、隠居は猛然として、礼儀を忘れた相手をおどしつけ、首に爪をかけて捻《ね》ぢ伏《ふ》せるのだつた。老いぼれてゐるが、気力は他の猫を最後まで圧倒してゐた。

風邪でもひいたのか、二三日、めつきり弱りが見えてゐたと思つたら、昨夜は便をするにも私に戸をあけさせて、悠々と外へ出て行つたが、今朝になつて見ると炬燵《こたつ》の隅に置いた果物の空籠の中で冷たくなつてゐた。

猫としても立派な奴だつたと思ふ。小さい時から不幸で惨めな一生だつたのに、卑屈でなかつたのが気持がいい。庭の白い梅の木の根もとに穴を掘つて葬むつてやつた。

（昭和二十一年）

猫騒動

十一歳に成つた家の猫が死んだ。この家に飼つた猫の中でも長命の方である。これは雌猫であつた。猫も人間世界と同じことで、どうも女の方が長いきである。雄の方は、人間の男のやうに仕事で疲れることはないが、丈夫な内は恋愛合戦で季節が来ると、傷だらけに成つてゐる。冬の雨の夜を、家に帰らずに外で濡れて明かすこともあつて、内科的疾患にもかゝる。それで、短命である。人間の男が働かずにはゐられず生活に規律があるのは良いことなのである。猫の一代は、人間の光源氏と一緒で、どう考へても馬鹿げてゐる。

死んだ猫の病気は癌であつた。それと分つて手術したが、やがて転移が行はれ、手がつけられなかつた。遺伝もない筈だし、酒や煙草、刺戟的な調味料も用ひないのに、生意気な病気をしたものである。酒は、一度だけ、あまり皆でうるさく食卓を囲むから一匹づつ口をあけて猪口で飲ませてやつた。すると猫にも下戸と上戸とがあると見えて、苦しがつて寝てしまふ猫と、始末につかず、はしやいで駆け廻る猫と、二つに分れたのには、こちらが驚いた。見てゐて、人間の友人達の酔態を思ひ泛《うか》べたくらゐである。死んだ猫は下戸組であつた。だるさうに障子の腰板のところへ行つて寝そべり、息を短く刻んで、苦しがつた。いたづらしたのは、たつた一度だし古いことだから、これが癌の原因になつた筈はない。

墓を、日頃、よく行つて寝そべつてゐた庭のぼけ木の蔭に作つた。土饅頭の上に、皿が一枚置いてある。

「あれは、一体、何匹、子を生んだらう」と、妻に尋《き》いたら、即座に返事があつた。「百五十四匹ぐらゐ」

人間の母親とくらべて、これは大変な数字である。まさか、と思つたが、一年三度生むとして、一度に五匹で、十年ではから成ると言はれて私は閉口し、これは猫のサンガー夫人に聞かせたら卒倒するだらうと思つた。猫はどこまで愚かなのだらう？　その百五十四の子供は、どこへ行つたらうと、私は疑問にした。もちろん半数は幼時に乳不足で死んでゐる。また、この家では、生れた猫が呼吸する前に、あまり丈夫さうでない猫は整理することにしてゐる。他家へ貰つて貰ふ努力にも怠りない。だが、一匹の猫が、百五十四の猫を生むとは？

金沢八景の武州金沢は、鎌倉時代にいろ〳〵の文物をもたらした中国の宋の船の碇泊地になつてゐた。その船に乗つて来た猫が一匹、土地に居ついたものの子孫が、金沢猫と呼ばれて、古くから珍重されたと伝へられてゐる。私は、これを金沢文庫の関靖先生の本で読み興味を感じたのだが、金沢猫が実朝の時に来たきぬた青磁の皿や鉢のやうに代々残つたものかどうか疑問にして来た。だが、一匹の猫が百五十匹に殖えるものだとしたら、金沢猫はゲン然として今も存在するわけであつた。

十年あまり前に、私の家にシャム猫の夫婦がゐた。ジイドの書いたものにも、飼つてゐたシャム猫が純粋の毛色のシャム猫と黒いのとを産んだことが出てゐるが、純粋の毛色のは出ないとしても、すらりとした形がシャム猫で、毛の黒い猫に現在、鎌倉の町を歩いてゐて、とんでもないところで出会ふことがある。これは明瞭に私の家のシャム族の子孫で、他家で生れ、他人（？）として育つたものなのである。ほそ面の顔も姿も、そつくりである。随分、方々で見る。さかりがつくと猫はよほど遠方まで出かけると見えて、思ひがけない場所で、歴然たる我が家の一族が、他人となつて悠々と道路を歩いてゐるのを見る。

一度、その一匹が、私の家の猫に殴り込みを掛け庭で大乱闘になつたことがある。十何匹、猫のゐるところへ単身乗込んで来たのだから、よほど度胸のよい奴に違ひなく、七八匹と組んづほぐれつ、揉み合つた。妻がそれを分けにはだしで飛び降りて行つたが、内の猫にそつくりな黒猫が、数匹の同じ色の中に飛び込んだので、烏の雌雄どころでない大混雑である。妻もあきれて笑ひ出し、組打つてゐる猫に、ひとり〳〵内の猫の名を呼んで問ひたゞしてゐるのだつた。

「お前、誰れ？　お前、誰れ？」

その中から返事もしないで疾風のやうに一直線に逃げて塀の上に行つた奴がある。勇ましい闖入者は彼であつた。鏡に写した影のやうに、地上の一族と、同じ形、同じ顔付毛色で、尻尾を太くふくらませて立てゝ、暫《しばら》く相対峙してゐた。

「早く、お内へお帰り」

と言ひ聞かせながら、妻は我慢なく笑つてゐる。そのくらゐ、そつくりで見分けがつかなかつた。黙つて、おとなしく家の中へまぎれ込んで坐つてゐたら、内の猫の誰れかと思つて済ましたらうと思ふ。そこが猫だから、頬かむりして済ますことが出来ない。化けて手拭を姐さんかぶりにするまでには、まだお飾りの数も修養も要る若い者と見えた。

仔猫の太平洋横断

尾高京子

たしか「冬彦集」だつたと思うが、寺田さんの飼猫の話がのつているのを愛読したことがあつた。それはもう一昔も前のことで、それ以来猫について書いたものを読むたびに、世間には愛猫家が多いものだと感心し、わが家の猫の歴史も書き残しておくといいと思いながら、つい実行したことがない。戦時中の僅かな間を除いてはいつも猫を飼つていたので、いろ〳〵面白い観察もしている筈なのにと、時々残念に思うことがある。

昨年の秋から一年ばかり、私にははじめての米国滞在中に、猫好きの私達はあちらでもこちらでも猫に出会つた。大体アメリカの猫どもは、日本猫に比べてずつと人なつつこく、あまり人みしりをしない様に思う。これは人間についても同じ様なことが言えるかも知れない。ボストン近郊のケンブリッジにある私達の仮住居から、三ブロックほど歩いてハーヴァード大学へ行くまでの道に、顔なじみになつたいろんな猫たちがいた。大きいのも小さいのも、ペルシアも普通のもあり、毛色も灰色や白や黒や虎猫などいろ〳〵であつたが、部屋の中に飼われているので日により時間により見かけることも見かけないこともあつた。自分の家の前らしい歩道のまん中に、わが物顔に坐つているのを通りがかりになでてやると、すぐゴロ〳〵いうつき合いのよさであつた。主人はいつも私達のフラットに猫を飼いたがつたが、これは実行には到らなかつた。

心理学の講義をいつも聞きに行つたハーヴァードのPsychological Clinicの隣家に、今年の春生まれた可愛い仔猫が二匹いた。二匹とも米国に多いグレイの虎猫で、よく垣根をくゞり抜けてこちら側に来、植込みの下枝にじやれて跳んだりはねたり、いつまでも遊んでいた。思いなしか日本の仔猫より前足が太短く、よけいおてんばで、乱暴にはね廻つている気がした。その愛くるしい様子を見ると、いつも抱きあげて可愛がらずにはいられなかつた。六月に私達がケンブリッジを離れる頃には、この仔猫どもは見違える程大きくなつていた。

夏中滞在したミシガン大学のA教授のお宅には、八歳になる白いペルシア猫がいた。お宅はアンアーバーの静かな住宅区域にあり、大きな樹々に囲まれた広い芝生の庭があつた。五十年前には森林だつたというこの町には、まだ野生のりすや兎が沢山住んでいる。縞りすの一種の小さいチップマンクがもとはA教授の庭にも沢山いたのを、この大猫が皆狩りつくしてしまつた由であつた。芝生になが〳〵と寝ている猫を抱きあげようとすると、この猫は独立心が強く、抱かれるのが大嫌いだから、ひつかゝれるといけないと注意された。

幸いひつかゝれはしなかつたが、彼氏は直《じ》き私の腕をすりぬけて悠々と行つてしまつた。

アメリカ滞在を終えて、日本へ帰る船を待つていたロスアンゼルスでのこと。ある日私達は南加大学の近くのあるレコード店へ、子供に土産《みやげ》のレコードを買いに出掛けた。感じのいい若夫婦のやつているその店はまだ開業後間もないらしく、レコードを聞かせる小部屋もまだ急ごしらえの儘で、床はコンクリートのむき出し、部屋の隅には隙間があつた。そんなところで二、三枚のレコードをためしていると、突然その隙間から仔猫がチョコ〳〵出たりはいつたりするのに気がついた。この家の黒猫に七匹の仔猫が生まれ、その内黒と茶の縞のが三匹、黒が一匹まだ残つていることは後で聞かされた。まんまるい可愛い目をした仔猫は、しつぽをピンと立てて部屋中をかけ廻つていたが、だん〳〵大胆になり、とう〳〵私のひざへよじ登つて来た。お腹の黒い縞がとてもはつきりしており、その上渦を巻いていて、まるででん〳〵太鼓みたいな模様になつている。そこへもう一匹目の大きな奴が大真面目でヒゲを隙間からのぞかせた。これも色は同じだが、ふわ〳〵したペルシア猫の様な長い毛と、特別太短い paw をしている。目のまわりに白いフチがあるので恐い顔に見え、大きな耳をして、真面目くさつた様子で出たりはいつたりしていたが、その内行つてしまつた。主人は一眼でこの二番目の仔猫が気に入つたらしい。

あとでレコード屋の主人に仔猫をくれないかと交渉すると、丁度アニマル・ショウへ出して誰かもらい手を探そうと思つていたところだ、と二つ返事。とう〳〵この二匹とももらう約束が出来てしまつた。

さて、それから先が大変だつた。ホテルでは猫を飼うわけに行かないので、暫く預つて置いてくれる様に頼むと、レコード屋さんは快く承知してくれた。そのあと二、三日いろ〳〵用事があつて見に行けなかつたので、電話で仔猫の安否を問い合せると、昨日よその女の子が虎猫を一匹持つて行つたが、どれがあなたにお約束ずみのかよく解らないので、もし間違つてたら返してもらう約束ですという。何だか間違つていそうな予感がして、急いで行つて見ると、案の定主人の御執心のペルシアがいない。私が嘆くとレコード屋さんはすぐその場で電話をかけてその旨を言つてくれた。お蔭でその仔猫はあくる日ちやんと帰つて来た。

仔猫を船へ運ぶためには籠《かご》がいいといわれ、その籠には古いカナリヤの籠を知人から貰い、かくして用意万端とゝのつたが、さて私達が乗る筈の日本の貨物船に乗せる許可がもらえるかどうか。船のことを世話してくれるジェネラル・スティームシップのG氏に聞くと、何か特別の迷信でもない限り大丈夫だろうと思うが、こういうことは船長の一存だから、心配ならば電報で問い合せてはどうかと親切に言つてくれた。早速電文を作つてウェスターン・ユニオンへ持つて行くと、何と九ドルもかゝるという。九ドルは私達にとつて大金である。そこで電報を打つのは見合せ、運を天に任せて、その頃パナマ運河を通過した貨物船がロスへ入港するまで待つことにした。

乗船の日の朝、十一時頃G氏から待ちかねた電話がかゝり、仔猫の乗船はOKとのこと。そして乗船は一時までにしてくれる様にいわれた。はとばまではどうしても一時間はかゝる。早速タキシ・キャブに総数三十五個の大荷物を満載して出かけたが、まずレコード屋に寄つてもらい、はねまわる二匹の仔猫をつかまえて籠の中に入れるのが一さわぎ。レコード屋さんがくれた猫用食糧二罐もろともキャブへ積みこみ、レコード屋さんと握手して、よう〳〵のことで出発。車の揺れる度に、生まれてはじめて外へ出かけた仔猫どもはピー〳〵キー〳〵と大さわぎ。とう〳〵おしまいに鳴きくたびれて寝てしまつた頃、よう〳〵はとばに着いた。

船室に置いた籠の中で、仔猫どもははじめは不審そうにおとなしくしていたが、あとで部屋をしめ切つて籠から出し、用意のミルクをやると、すつかり元気になつて、部屋中を探検してまわつた。

ところで船のボーイさんの言うには、この船の船長さんは、何と大の猫好きの由。この船にも「みいちゃん」という虎猫が飼われている。ところがこれがオス猫で、実は仔猫の時メスだと思ってこの名をつけたら、あとでオスになってしまったそうである。早速この「みいちゃん」に会ってみると、まるで人間が猫の皮をかぶったみたいな顔をした面白い猫で、私はどうしてもこういう顔の人が誰か知合いの中にある様に思えてならなかった。

最初の晩は仔猫たちも少し船に酔ったらしかったが、次の日からはすっかり馴れてしまい、二匹でじゃれたり、取っ組合いをやったりしはじめた。靴下の片っ方をくわえてとりっこをする。靴の革をかじったり、紐をひっぱったり、かけてある手拭にもじゃれて皆落してしまう。出しておいた雑誌や本の表紙にも沢山爪跡や噛み跡をつけられた。

アメリカで猫を呼ぶのは"Kitty, kitty"というのであろうか、それが「キリ〳〵」と聞える。真面目な顔の、ペルシア猫の様な毛並の仔猫は、呼ぶとすぐとんで来るので、しぜんキティという名がついた。もう一匹は可愛いきよとんとした顔をしているので、赤ちゃんをあやす時の"Pat-a-cake"にちなんで、パティと呼ぶことにした。ふざけてとっくみ合いをしている時はキティの方が強く、しっぽをふくらませ、背中の毛をたてて飛びかゝると、パティはすぐ逃げ腰になる。ところが食事の時は逆で、パティ君の方が断然優勢である。低い声で警告を発しながらすばやく自分のを食べてしまい、仲間の分にまで遠征する。キティはぶきつちよなのか、鷹揚なのか、よく食べかけを取られてまご〳〵している。

船の狭いベッドで寝ていると、毎朝の様に私達は仔猫に起される。バリ〳〵と爪を立てて、カーテンによじ登り、ベッドの上に上つて来る。朝早くからお腹をすかせて、パティ君はしきりにキキと鳴く。キティはだまつて胸の上に登つてきて、ふか〳〵した毛深い頭を肩や腕やあごにすりつける。それでも起きないと、今度は鼻の頭やあごをなめ、しまいには鼻の頭をそつとかじることすらあつた。こうしていつまでも二匹にねだられては、いかにお寝坊でも起きないわけに行かない。

船室のお掃除の時は、仔猫どもはパーラアへ散歩に行く。パーラアは「みいちやん」の縄張りである。「みいちやん」が現われると二匹のチビどもは毛を逆だてて興奮する。この仔猫どもは二匹ともメスなのに、まだ彼氏は女性に対してお手柔かにすることは心得ぬらしい。ふざけ半分にチビどもを追い廻す内だん〳〵本気になつてちよつかいを出し、その結果しば〳〵長椅子の下などで大立廻りが始まる。そのつかみ合いを引きわけるのが、航海中のいい退屈しのぎにもなつた。

航海の十六日は無事に過ぎ、その間にも仔猫は随分育つて、上陸の時はもとの籠にはいるかしらと本気で心配した程だつた。

さて、仔猫をうちへ連れ帰つてからもう一月になる。このバラックのような小さい家にも彼らはすぐ馴れて、毎日元気にとびはねている。仔猫どもの評判はさま〲である。うちへ来る御用聞きの小僧さんの中にも、「なるほど普通の猫と違いますね」とほめてくれる人も、「アメリカの猫もあんまり変らないや」といつてがつかりさせる人もある。たゞ、外観はともかく性質は今まで飼つたどの猫とも違つている様に思う。二匹とも頗《すこぶ》るおてんばで、今まで飼つた数ある猫の中でもこんな茶目助は初めてである。まるで仔犬の様に、紙玉でも、木の葉でも、消ゴムでも、将棋の駒でも口にくわえてトコ〱持つて歩く。うつかりその辺に何かを置き忘れたら最後、何処へ消え失せるか解つたものではない。この間は主人がちやぶ台の上に置いた腕時計が入浴中に影も形も見えなくなつた。二時間ばかりも探したが、もうないものとあきらめた頃、まだ火の入つていないこたつの灰の中から偶然発見した時は、家族一同あきれてしまつた。庭へ出ればコオロギを追つたり、草むらで隠れん坊をしたり、ちつともじつとしていない。それにキティの方は特に大胆で気位が高く、この辺に多い子犬大犬が庭に入つてきても、少しも逃げようとせず、逆に脅しにかゝるので危くて仕様がない。

その内この二匹の写真をとつて、親もとのレコード屋さんへ無事な様子を見せたいと思つている。

（昭和二十九年十一月）

猫に仕えるの記　猫族の紳士淑女

坂西志保

正直なところ私は猫に飼われている。自分の十分の一にも足りない動物に頤でこき使われているなんて、一寸《ちよつと》だらしがないと思われるかもしれないが、これは猫界の習わしであつて、最初からはつきりそういつてしまつた方が気が楽である。彼等から見たら、猫を飼つているなんていう人間の自惚《うぬぼ》れこそ、ちやんちやら可笑《おか》しいと軽蔑したくなるらしい。孤独に徹し、生命を削らないで生きている彼等に、そういわれたつて仕方がないほど人間という者は弱く、頼りないのだ。相手の弱点を握つているからつんとすまして、取り付くしまのないような顔をしている。あの威厳にうたれて、こつちがびくびくしていたのでは猫と人間の正しい関係は成立しないから、最初から兜を脱いで、どうぞよろしく願います、といつてしまうことである。そうすると、世事に長けた猫のことであるからそちら側から折れて来て、お互の間に気安い態度が発生するのである。

どうも猫哲学に深入りしそうになつたが、私はそんなむつかしいことをいうつもりは毛頭ない。そんなことをしたら猫のポツダムに叱られるから、精々猫談義ぐらいにして、どうして私が彼に飼われるようになつたかを話さなくてはならない。

終戦の年の秋に、私は千葉県の我孫子《あびこ》町に引越して行つた。前から猫を一匹欲しいと思つていたから、隣の奥さんに頼んでおいた。別に条件はないが、出来れば尾の長いのとだけいつておいた。イギリスのマンクス島の猫は尻尾がない。日本の猫は、尾はたしかにあるが、それが変な形に曲つたり捩《ねじ》れたりしているのが多く、外国の猫のように真直ぐなのは少い。生まれた時に切るか捩るかするのだろう、と彼等はいうが、そんなことはない。尻尾の変形も愛嬌があつて悪くはないが、私はどつちかというと長くて真直ぐなのが体全体の均整がとれて好きだ。

十月の終り頃、寒い雨の降る日、隣の奥さんが下水に落ちていたという小猫をもつて来てくれた。英語に溺れた猫という形容の言葉があるが、掌に入るほどのこの猫は正にその形容詞にぴつたり当てはまるほど憐れなもので、毛色も判らない。ただ確かなことは鼠のような細い長い尻尾だけである。早速湯を沸かして、洗つてやると白地にところどころ赤斑のある可愛い猫である。赤斑といつても背中に三つ丸い斑点があり、額と尾だけが赤斑で染付のようになつている。鼻が高く、丸顔で愛嬌がある。ミルクを飲まして、毛布に包み、静かに寝せてやつた。そして、この日から私は猫に飼われる身分になつたのである。

誰でも自分の猫を自慢するが、私のは単に自慢ではなく、正真正銘利口な猫で、敗戦国民として礼儀をよく心得、まず英語を習得した。カム、カムから始まつて、散歩はウォーク、食事はディナー、爪を出すとヴェ・ルヴェット・ポーといわれる。天鵞絨《ビロード》のようなお手をという意味で、すぐ爪を引込める。尻尾を振れと日本語でいつても通じないが、ワェグ・ユーア・テールといえば、しきりに振る。ライ・ダォンといえば、横になる。町では英語を話す猫といわれて、有名になつた。毎日散歩に行かなくては承知しない。田圃《たんぼ》の畔を通つて手賀沼のほとりに出て、向うの山を一巡して帰つて来る。自分が先に立つて走つて行くので、私は泥んこになつて後からついて行く。そうかと思うと今度は道草を食つていて動かない。土龍《もぐら》の穴でも見付けると大変なことになり、懐中電灯をつけて、寒い風に吹かれながら私はほんとうに情なくなることがあつた。ある日散歩していると、遠くの畑で働いていた百姓が大きな声をはりあげて「おかみさん、それ何けえ」ときいた。私は一寸何をきいているのか迷つたが、すぐ猫を指して「これけえ、猫や」と答えた。兎にしては飛び方が違うし、何か不思議な動物と思つたらしい。

我孫子の家には、水曜の午後や週末は必ずアメリカ人が遊びに来たが、子猫は一躍人気者となつた。何時《いつ》までも名なしでおく訳にはいかないから何んとかしろ、といわれて、私はすぐポッダムと決めた。憲法のない時代で、ポッダム政令で動いていた頃で、当時の気持を一番よく現わしている。まだ幼くて雌雄の別もはつきりしない猫ではあるが、まあそれもよいであろう、と友人達はいつた。間違つて雌であつたらヤルタとすればよいさ、とそこに居合せた海軍大佐がいつた。

一日おきに東京に出るたびに、私は銀座の三愛や魚河岸《うおがし》に行つてお土産を買つて帰らないと、ポッダムを失望させることになる。統制の厳しい時代で、私は随分苦労した。夕方大体何時頃帰るか見当をつけていて、ちやんと門のところまで出て待つている。手賀沼で獲れる鮒、雷魚、鰻などもよく食べさした。しかし、敗戦猫だけあつてちやんと何時の間にか凡ての良い物、旨い物はマッカーサー給与であることを知るようになり、アメリカ人の客が来ると正面に行儀よく坐つて、一挙一動に注意している。「ポッ公、何がほしい」ときくとニャーという。缶詰を開けると眼を皿のようにして見ている。外国の物はとにかく一応文句なしに試食して見ることと自分で決めたらしく、なんでも頂いて、味みをする。ベーコン、七面鳥、チーズ、酢づけの玉ねぎ、キャビアなどから始まつて、ビスケット、キャンデー、オリーブなどに紹介されているうちに、大体これは好き、これは遠慮した方が安全と自分でも見当がついて来た。特に気に入つたのは、ベーコンの入つた黄色チーズで、だまつておけば二十匁《もんめ》位ペロリと食べてしまう。次に大好物なのは熟したオリーブで、塩漬にした褐色の橄欖《かんらん》の実でオリーブ油の原料である。これを見るとポツダムは気違いのようになつて喜び、一気に三十粒位食べてしまう。もう一つ好きなのはチョコレートと砂糖で味を付けたミルクで、トデーといつて缶詰になつている。

ある日、鴨猟にやつて来た一組の客が押しよせて来て、私が台所で料理していると、八畳の室でみんな歓声を挙げている。何事が起きたのかと覗いて見ると、ポツダムの頸に赤い大きなリボンを結び、後肢にセロファンの袋をはかせ、前肢を支えてテンテコ、テンテコ踊らせている。私は驚いてしまつたが、踊つている本人は至極愉快そうな様子である。きいて見ると、ポツダムにやつたトデーに数滴リキュールを混ぜたのである。未成年者にそんなことをして怪しからん、と私に叱られてアメリカの将校たちは頭をかいていた。

満三歳の猫を新しい土地につれて行くのはどうか、猫は家になついて、人ではない、といわれている。大磯に越すと決つた時に、私の大きな悩みはポツダムをどうするか、という問題であつた。勿論連れて行くつもりであるが、新しい環境になじむであろうか。我孫子の女中は気がきかなくて、ポツダムによく叱られていた。例えば、お皿が汚なくなつているとか、魚をこがしたとか、お給仕の仕方が悪いとかいろいろ文句があつた。ついでに、ポツダムはお箸で魚を割つてやつたり、骨をとつたり大きなのははさんでやらないと食べない。お皿を前において、じつと待つている。しかし、この中年の女性は親切で、猫の主人によく仕えてくれた。ある時など、病気してうんうん唸つているポツ公の前に両手をついて「どうぞお大事に」といつて帰つて行つたので、私はふき出してしまつた。新しい女中になじむであろうか。

我孫子から大磯まで、ポツ公をどうして連れて行くかも大きな問題であつた。実に気の弱い猫で、一丁ばかり先の農家にいる牝猫と恋している時など、景気のよい時は一人で出かけて行くが、猫相の悪い牡たちが集まつて来て激しい競争が展開されると、すつかりおじけがついてしまつて独りでは行けない。それで、私に一緒に行けという。情ない声を出して、足にからまりつき、せがむのでついて行くけれども、数匹の牡猫が猛々しい目つきで構えていて、近よることも出来ない。二人はまたすごすご山を越えて帰つて来るのであつた。そんな状態なのだから何度も乗物を換えるなど思いもよらない。幸い親切な海兵隊の大佐が新型のクライスラーで大磯まで連れて行つてくれるというので、私もほつとした。日曜ではあつたが、お濠端の第一相互ビルのＧＨＱ前を通つた時には、眠つていたポツダムを起し、一寸おちよかいを挙げて敬礼させた。

大磯に来てポッダムは初めて洋式のバラックに住み、屋根裏の寝室に上つたり下りたりするのであるが、生まれて初めて梯子《はしご》を使用するので面白くて仕方がない。一段ずつ慎重にやつて見て、自信がついて来たら、居間の一端から狙いを定め一気に駆け登るけいこを始めた。実際飛ぶように駆け上つて行く。次に戸を開ける工夫を始めた。我孫子の家では障子や唐紙に爪をたて、一寸隙間をこしらえ、そこに手をつつ込んで開け、台所の板戸など、身体をすりつけて押し開けるのを憶えた。新しい家では把手がどんな作用をするものか解らないで、相当頭を悩ましたらしい。ガチャンと回すのはすぐ憶えたが、前肢をかけても、すぐ離してしまうから開かない。その中に片肢で把手を回し、片肢は壁にかけ、体で同時に下を押すのに成功し、この難問題を解決した。

私の家の裏は畑で、その向うに東海道線がある。生まれて初めて汽車を見たポッダムは眼を円《まる》くした。怖いが、好奇心にかられて見に行くという。お伴を仰せつかつて、最初はかなり離れた場所で、それから段々近くに行つた。ゴーとすごい音をたてて進んで来ると、私に抱きつくのであるが、馴れるに従つて線路の近くに行き、土手に肢をかけて眺めている。特に夜あかあかと灯のついた湘南電車は何時見ても魅力があるらしく、この冬の寒い夜、私はポッダムのお伴をして、ほとんど毎晩電車を見に行かなければならなかつた。

大磯の生活で私たちが一番苦労したのは、新参者として土地のボス猫にいじめられたことであつた。目つかちの年寄りの猫で、庭の木影に隠れていて、おしつこに行くポッダムを襲撃して来る。一度は家の中まで入つて来てかみつき、怪我させた。だから今日でも誰かがついて行かなければ用がたせないのである。私の友人たちは箱入り息子とか、学習院とかいつて冷笑するけれども、彼等はまだこの恐ろしい片眼のボスを見たことがないからである。ボスの子分も恐ろしい。頑丈な体格の虎斑ではあるが、四つ肢は股の付け根からまつ白なので、私たちは股引のあんちゃんと呼んでいる。こ奴がまたポッダムの食糧を強奪する。虐《いじ》める、実にひどい奴であるが、すばしこくて手の打ちようがない。今年の正月にポッ公は大怪我をさせられ、東京から獣医を呼んで大手術をして貰つた。傷は癒《なお》つたが、化膿菌が眼に来て、また医者を呼んで、今度はペニシリンの注射をして貰つた。

ポッダムは昨年のクリスマス、アメリカから赤い靴下に一パイつめたプレゼントを貰つた。その中に鼠色のフランネルに犬薄荷《キャット・ニップ》をつめて鼠の形にしたのが一個入つていた。これは以前にも一匹貰つたことがあつて、ポッダムの大好きな玩具である。日本では猫にまたたびというが、外国では犬薄荷という。お酒に酔つたようになつて、なめてなめて喜ぶのである。最初の夜にあまりなめて濡らしてしまったので、次の朝、縁側に出して乾しておいた。暫くたつて行つて見ると、もうない。これは大きな打撃であつたが、警察に届ける訳には行かないし、泣き寝入りになつてしまつた。

人間をこき使つている間にポッダム自身が大分人間臭くなつて、鼠など出て来ても、片眼を開けて胡散臭《うさんくさ》そうに見ているだけで、動こうともしない。猫は色盲だというが、ポッ公は赤や派手な色が好きで、絹布団にくるまつて寝ている。寒いと何かかけろという。雨に濡れて帰つて来ると、タオルで拭けという。食事は魚と先に挙げた特殊な輸入品だけで、私は何時も苦労している。ポッダムは本年秋満五歳であるから、猫の平均寿命が十二歳とすると、少くとももう七年間、私は死なれない、というのは、私の後を継いで、猫に飼われる人物は今日の世界にないからである。

猫族の紳士淑女

猫本位の生活

現在私の家には人間が二人、猫が三疋いる。猫が主で、人間は従であるから、家の問題はもちろん三対二の多数決で運営されている。どんなに遅く寝ても、朝六時半から七時に起きるのも猫族が朝の散歩を必要とするからである。十月初旬から寒い日にはコタツが入つて、訪ねて来る人は眼を見張るが、これは私が寒がりだからではない。応接室に敷物がなく、離れの床の間に掛物を掛けておかれないのも猫どののいたずらが過ぎて、どうにもならないからである。厚い敷物の毛をむしつてしまうし、掛軸にじやれついて、終いには砂壁を駈け登つてしまう。屏風も唐紙も見る影もなくなつてしまつた。雨が降ると、家中梅の花を散らしたようになつてしまう。あばらやに住んでいるようで外聞が悪いと家のおばさんは愚痴をこぼすけれども、私は至極満足で何も文句はない。

三年前の春にポッダムが死んだ。庭の松の木の下にお墓をつくり、今はまっ赤なサルビアが咲いている。霜で枯れるころには水仙が芽を出し、お正月前に花が咲く。それからクローカスと、四季の花を絶やさないようにしている。ポッダムの後に来たのは大きな赤と白のぶち猫であつた。家をこわして東京へ持つて行つた跡にしよんぼりと坐つている三歳位の雄猫をあわれに思つて、家に招待したのが始まりで、私のつける名はどうしても気にいらない。自分の名はミーだと頑張つている。一貫五百目もある雄がミーでもあるまいと思つたが、本人の意志を尊重してミッチャンとしておいた。おとなしい猫で、私たちによくなつき最初の数ヵ月は家にばかりいたが、生活が安定し、苦労がなくなるにつれて夜遊びをするようになつた。しかも相手は隣の国分村の住人らしく、夜十時ごろになるとしきりに一緒に行つてくれとせがむ。仕方がないので懐中電気をつけてお伴をするのであるが、その嬉しそうな素振りを見るとあまりにも可憐で、雨が降つても風が吹いても身仕度をして田圃路をついて行つた。吉田（茂）さんの家を過ぎると国分村に出るのであるが、細い河を渡ると、もうよろしいとお許しが出て、私は二キロばかりの途をとぼとぼひとりで帰つて来るのであつた。

そのミッチャンが、私がインドに出発してから三日目に家出して、いまだに消息が判らない。カルカッタ、デリー、ボンベーと旅行しながら、私は度々ミーのことを思つた。そして約二カ月の旅を終つて帰つて来たら、駅に来て下さつた写真家の濱谷浩さんがミーの失踪を告げ、「おばさんが心配しているから、あまり責めてはいけない」といわれた。誰の責任でもない。ミーは自由意志で家出したので、不慮の死に会つたのかも知れない。生きていたら帰つて来るだろうと思うが、国分村の愛人の処にムコ入りしたのかも知れない。あんなに度々送つていつたのに、ミーは、私に一度もその家を教えてくれなかつたのである。

ボッコチャンのお供え

次に現われたのが赤虎の貧弱な雌猫であつた。二ヵ月位であろうか、痩せこけて、顔は三角で、横縞の黄八丈を着たような恰好は、田舎から出て来たばかりの料理屋の女中さんを思わせた。なぜると、顔をくしやくしやにして悦ぶ。お島さんと名をつけたが、どうしたはずみか私はボッコと呼ぶようになつた。出入の魚屋さんは、この地方では破れた着物を着た子をボロッ子といい、それがつまつてボッコというのだ、といつた。拾われたボッコチャンはぐんぐん大きくなつて、ほつそりした品のあるエジプト猫を思わせる。小犬のように私たちの後をつけて、何んでも自分が監督しなければ進行しないという気構えを見せている。花が好きで、頭をもぎつて私の机に持つて来てくれる。褒めて、お礼をいうとまた飛んで行き、もつて来る。春から秋にかけて、あらゆる昆虫を捕えて献納するので、これには私も困つた。蛙やとかげになると、私はあわてて救つてやる。近所の百姓がボッコチャンの選択振りを見て、これはムコだといつた。猫というのが四種類あつて、虫を捕るのがムコ、蛇など爬虫類専門がヘコ、鳥類はトコ、鼠を捕るのがネコなのだ、と説明してくれた。

虫だけではない。ボッコチャンはサーヴィス精神に燃えているのか、いろいろのものを拾つて来る。ある日窓の外で盛んに私を呼んでいるので開けて見ると、何か黒い物を口にくわえている。私の前に恭々しく置くのでよく見ると、焼芋のシッポであつた。今日でも私は毎日ボッコチャンからお供《そな》えを貰つている。

ボッコが現われてから二カ月も経つたであろうか、朝早くまつ白な子猫が庭で鳴いている。金銀の眼で、尾の先が鉤型に曲つている。ひどい下痢に罹《かか》つていて、それで捨てられたのだろう。風呂をつかわせると、ゴマ塩のように蚤がついている。餓えてガツガツしているが、子猫の下痢はマイシンで治らなかつたら、生林檎をこまかくすつて食べさせる他途がない。指先につけて少量ずつ口に入れるのであるが、泣く、ひつかくの大騒ぎで、猫も人間も林檎まみれになる。しかもこれを二時間おきに繰返すのであるから、楽ではない。林檎が腸を洗滌するのであろうか、二、三日の中に固まつた便が出るようになる。その後は少量のミルクと白身のさしみを与え、結果を注意する。また軟便が出れば、林檎療法を繰返さなければならない。とかく私は可哀そうがつて食べさせるので失敗する。この点おばさんの方が意志強固で、私は叱られてばかりいる。

金眼銀眼さんは全快した。眼に険があり、応挙や春草の猫を思わせるから、猫界では日本式美人といつたらよいのであろう。猫の名も玉とかミーとかいうのは猫に対する関心と愛情が薄いように思われるので、何か特徴のある名を与えようとするが、相手はさつぱり反応を示さない。ある日シロと呼んだら、すぐ返事した。薄情なもとの飼主が白いからシロと呼んだのであろう。仕方がないからチーロと命名した。勝気で、自分のいいだしたことは誰が何んといつてもひかない。協力とか妥協とかは考えられないらしい。ボッコが温厚で、譲歩するから何んとかやつているが、二人一緒においてよいものかどうか私は考えさせられた。しかし、私たちに対して愛情をもつているし、苦労しただけあつてとかくひがむ癖がある。いくら食べさせても肥らない。強情のくせに、何かおずおずして遠慮深い。また愛猫家に頼んで養女にやつたつて可哀そうだと思つて、ある夜、私はチーロを抱いて、籍を入れて家の子にするから安心しなさい、といつてきかせた。すると、その翌日から急に横柄になつて、ボッコの食事まで食べてしまうようになつた。

猫の母性愛

雌猫二疋飼つて一体どうするのかというのがおばさんの頭痛の種であつた。手術をというのであるが、私は欧米の人たちのように人間の便宜のために動物を中性にするのを好まない。性格があいまいになつて、面白くないし、それに大磯には獣医も犬猫病院もない。本来意志薄弱で、多くの場合時を稼ぐことばかり考えている私であるから、ほつておいた。その中に春が来て、ボッコもチーロも青春期に近づき、獅子文六さんのミー公や数軒先のペルシャの血が少し入つているというトロイ公などが、家の庭をうろうろするようになつた。ミー公は、ボッコと同じ赤虎で、トロイは背が赤虎で、お腹が白い。見ているとトロイは盛んにボッコに媚を呈し、ミー公はチーロと頬ずりしている。ははーと思つていると、三月中旬にはお目出たの徴候が現われ、四月二十九日天長節の昼ごろからボッコチャンが産気がつき、赤虎の子を二疋産んだ。チーロも手伝つてくれてやれやれと思つていると今度は、チーロのお産が始まつた。今年の天長節は、私の家では三重のお目出度となつたわけである。

猫のお産は物置の隅とか天井裏とかいうことになつているが、私の経験では、人間の生活に深く食い入つて可愛がられている猫は、人間を婦人科医兼産婆と心得ている。お腹をなぜろ、それ腰をおさえろ、そうではないと叱られたり、どなられたりしておろおろするだけである。チーロはお産と同時に強烈な母性愛が生まれて、自分の子だけでなく、ボッコのまで引受けて、良心的に世話しているが、元来呑気なボッコチャンは、二日目あたりから遊びに出て、相変らず花をちぎつたり、虫を追い廻したりしている。まだ眼の開かない子猫を二階からくわえて来て、一寸遊びに行くから世話してよ、とでもいうようにおばさんの足許に放り出して出かけてしまう。そんな工合で乳がとまつてしまい、結局チーロが全責任を負わねばならぬような羽目になつた。

世の中に子猫ほど可愛いものはない。天国では誰も年をとらないというから、死んだら私は子猫の天国へ行きたいと思つている。この世ではいくら可愛くても、生まれる猫をみんな飼うことは経済的にも許せないから。先にボッコの子が貰われて行き、次のチーロの赤と白の子が養子に行つた。そして、まつ白で金銀の眼をした明人さんだけが家に残ることになつた。今私の家が何時もごつた返しているのはこの明人さんのおかげなのである。女ばかりの間で甘やかされ、一目も二目も置いて育てられているので、怖いものなしで悪戯《いたずら》の限りをつくしている。怖いものなしといつたが、一度だけ肝を潰すほどびつくりしたことがある。アメリカの友人が一年三ヵ月の銀髪の可愛い男の子を連れて訪ねて来た。親たちが上つて来ても別に驚きもせず、寝転んでなぜてもらつていた明人さんは、赤ん坊のトービーが入つて来た途端に悲鳴をあげて、二階に駈け上り、押入れに隠れてしまつた。私たちにはどうしたのかさつぱり理由が解らなかつたが、後で考えて見ると、明人さんはトービーを人間ではなく、奇怪な動物と思つたらしいのである。

猫の有閑マダム

セロハン紙、縄糸の切れつぱし、木の葉に戯れ、たまに昆虫やモグラを追い廻し、花を鑑賞するだけでは、猫も退屈するらしい。衣の心配は全くなし、据え膳で、しかも勝手な我儘が通る。明人さんだけはこの点実にお行儀がよく、出されたものはみな頂戴して文句をいわない。まだ子供だからであろうか。ボッコとチーロは退屈すると垣根の外に出て、濃い茶色の眼と金銀の眼をきよときよとさせると、ギャラントの紳士たちが集まって来る。生活設計のない猫の有閑マダムも困ったもので、三ヵ月おきに種族を増殖して行く。しかもボッコの如きは生みっぱなし。お乳が出ないので、面倒くさくなると子供を私たちの足許に持って来て、どうにかしてくれという。

夏もようやく終って、そろそろ秋風が立ちそめるころ、またミー公がしげしげ訪問するようになった。獣医に相談すると、二ヵ月も得体の解らない高熱を出して、元来あまり健康体でないボッコは手術に耐えられないであろうという。何か他に避妊の方法はと聞いても、全くないと答える。窮しはてて、私は銀座裏の薬屋へ避妊ゼリーを買いに行った。そして、そのゼリーを太い油性の注射器に押し込んで、おばさんと二人でいやがるボッコを抱きかかえて注入した。そして、その後二、三週間は自分の智恵に感心し、枕を高くして安心していたら、ある日、白いジンジャの花の香を背伸びしてかいでいるボッコのお腹がふくらんでいるのに気がついた。私はがっかりして、きつい声で「ボッコチャン、困ったわね」といつた。すると、ボッコはさも赤面したように恥かしそうな愛嬌を顔いつぱいに見せて、一寸たたずんだが、すぐ長い尻尾をまつすぐに立て、嬌態を作つてゆつくり私の方へ歩いて来た。

仕方がない。生きている間は猫に仕え、死んだら猫の王国で、厚生大臣にしてもらおうと考えている。

小猫

瀧井孝作

ひるすぎ、私は一人雑誌を読んでゐたら、台所口で、いつもの猫の声がした。又来たナ、と思つたが知らん顔して、戸を明けてやらずにおいた。と、裏の縁側の方が明いてゐて、そこから猫は入つてきた。私の坐した傍周り歩き、顔や肢体を私にこすりつけて、ニャアと云つて、何かほしがつた。――ことしの春の仔で、向ひの家の飼猫だが、私共の宅に来馴れて、毎朝、私共の姉娘が戸を明けるとすぐに入つてきて、姉娘の台所をやつてゐる足許につき纏《まと》つて、ニャアニャアとかるく噛附いたりして、食事をねだつた。そして、昼も晩もきて食べた。それで、この猫の食器の皿も、台所に備付けられたりした。――私は、今日一人留守居して、この猫に纏ひつかれて、稍《やや》めんどくさいが、猫の食事を作つてやることにした。

私は台所に出て、いつも子供らが作つてやるやうに、飯に鰹節ふりかけたのを、猫の食器に入れてやつた。私は、流しの水道の口で手を洗つてから、元の座に戻り、又、雑誌を読んでゐた。猫は食べてしまつたらしく、私の傍にきて膝に這上らうとした。狎《な》れ〳〵しさの押売のやうだから、私は肘で押し戻した。猫は、そこの南向の日の当つた座布団の上に、寝そべつてしまつた。私は、雑誌をよみながら、猫の寝姿も時時みてゐた。猫は、寝ながらもぢつとしてはゐない方で、時時寝返りしては、寝姿を変へた。黄色味のない虎斑のハッキリした、雉猫《きじねこ》といはれる毛色で、牡で、尻尾は短くて殆どなかつた。前肢を頭の上に伸ばして、背伸びした形で長くなつて寝そべつてゐる時、私は、鯨ざしの二尺ざしを持つてきて、この猫の身長を計つてみたら、この背のびした形で一尺七寸余、頭から尻までは一尺二寸もあつた。春の仔としては発育のよい方らしかつた。——近所に同じ毛色の同胞らしい小猫が飼はれてゐて、これも時折、私共に来馴れてゐたが、この方は発育がわるいのか、一《ひ》とまはり小さかつた。小柄の方が可愛ゆくみえたが、行動には意地わるさがあつた。二匹が同じ食器で食事する時も、小柄の方が意地わるくコセコセした。二匹が畳の上で転がり合つてふざける時も、小柄の方は意地わるで、大柄の方は大様にみえた。発育がよいから、のび〳〵してゐるやうにみえた。それで、私共は、小柄の方を嫌になつたといふ風でもなかつたが、小柄の方の猫は、段段に足が遠のいた。今朝、久しぶりで二匹揃つて入つてきて、私共の妹姉は、「今日はチータもきたの、あら、チータと玉と顔がちがふわネ」と云つて、同じ毛色の猫の顔も、一所にゐると、違ひが見分けられたりした。私共は、私も、家内も、姉娘も、猫は飼ひたいとも思はない方だが、小さい妹娘は猫をほしがつて、玩具や人形と同じやうに、猫も可愛がるところから、よその飼猫も来馴れて、親しんでゐた。私は、猫はそんなに好きとは云へないが、馴れてくれば段段愛情もうつつて、好きになれさうな気もした。しかし、飼はうとなると、すこし荷厄介の気もした。今は丁度、よその飼猫が毎日遊びにきて、これを可愛がる位のところが気安くてよささうに思はれた。小猫のつき纏う風景は、チョロチョロしてうるさいやうでも、また私共の心持のほぐれる慰めにもなつた。何かにじやれたり、ゆつくり歩いたり、うづくまつたり、睡つたり、その時時の姿も絵模様を描いてゐるやうにみえた。庭の木に登つて、下に下りる時は、幹伝ひに真直ぐに這下りかけて、途中で尻が重くて、尻の方が下にずりさがり、頭部が上向きになり、また頭を下に向けて、這下り途中で尻がずりさがる、こんな風に木の幹を伝ひ下りたりした。肢体は柔軟で、爪は匿れてゐた。凄い眼光も淡く消してゐた。睡つた猫は、その雉斑の毛色の胴腹が息して波打つのが目立つた。寝姿は、長くなり、仰向になり、又、香箱といはれる恰好で円くなり、胴腹の息するうごきは続いてゐた。やがて、寝飽きたか、四肢を立て背中を凸起させて背のびして、また畳の上に長く四肢を前後に突張つて背のびした。それから、私の膝に這上つてきた。私一人きりで、人なつつこい風で、咽喉《のど》はゴロゴロ云つてゐた。私もこんどは膝に抱いて、玉のあごの下頸すぢなど指先で愛撫したら、すぐ眼を閉ぢて愛撫に任せてゐた。背中の方の雉斑の毛色の密生した柔かい毛には指が埋れた。猫の体温は高いやうで、肢の平の真黒い毛のない場所に、掌を当てると熱かつた。こんな風に暫時猫を愛撫してゐたが、猫は膝から下りて、そこらを廻り歩き、また膝に這上り、また下りて行き、歩き廻つた。何かジレッタイと云ふやうな、何か強い刺戟がほしいやうな、神経がかつたものが感じられた。膝の傍にきては又歩き廻り、何度も繰返してゐたが、するうちに、ふいと他の方に気が向き奥の縁側から戸外に出て行つた。

（昭和二十三年）

ねこ 猫——マイペット 客ぎらひ

谷崎潤一郎

ねこ

動物中で一番の縹緻《きりょう》好しは猫族類でせうね。猫、豹、虎、獅子、みんな美しい。美しいが、どれが一番いゝかと云へば猫ですね。第一眼がいゝ、それから鼻の恰好が素的だ。獅子や虎や豹は、鼻筋が顔面に較べて少し長過ぎます。だから間がのびてゐてきりつとしたところがない。そこへ行くと猫の鼻は理想的です、長からず短からず、ほどよき調和を保つて、眼と眼の間から、口もとへスーッとのびる線の美しさは何とも云へない。中でもペルシャ猫のが一等よろしい。あんなにキリッと引締つたいゝ顔をした動物が他にあるでせうか。

◇

あればそれは豹でせう。豹は猫に最も近いやうです。僕は豹を飼ひたいと思つてゐます。飼ふなら豹ですよ。美しくてしなやかで、お上品で、宮廷楽師のやうに気取り屋で、さうかと思ふと悪魔のやうに残忍である。好色で美食家で、飼へばきつと面白いにちがひありません。

しかし何といつても面白いのは猫ですね。犬はジャレつく以外に愛の表現を知らない。無技巧で単純です。そこへ行くと猫は頗る技巧的で表情に複雑味があり、甘えかゝるにも舐めたり、頬ずりしたり、時にツンとすねてもみたりして、緩急自在頗る魅惑的です。しかも誰かそばに一人でもゐると、素知らぬ顔してすまし返つてゐる。そして愛してくれる対手と二人きりになつた時、はじめて一切を忘れて媚びてくる――媚態の限りを尽して甘えかゝつてくる、と云つた風でなか〳〵面白い。それに夜なんか、机の脇に静物か何かのやうに、ぢいつと落ちついてゐるのを見ると、如何《いか》にも静かで、心が自然に和んでくるやうです。

◇

犬ですか、犬は今四匹しかゐません。セパードにグレーハウンドに、エアデルテリヤが二匹、近いうちに広東犬が二匹来ます。犬で思ひ出すのは泉鏡花君です。先生の犬嫌ひは有名なものでしてね。去年僕の宅へ来た時も、門をくゞらうとしないで遥か向ふから「オーイ谷崎君、犬を繋いで下さい、犬を――」と怒鳴つてるんです。かつて同氏が佐藤（春夫）に何かの原稿をお頼みになつた時なんかも「君の宅には犬が座敷に出入りするさうだが、どうか原稿を犬に嘗めさせないでほしい。ペロ〳〵やられてると思ふと、気持ちが悪くなつて夢にうなされるから」つて云つて寄越したとか。また或る新聞社の頼みで東京何景かを書くのに、犬が恐ろしくて、新聞社から毎日犬の用心棒を附けて歩いたといふ挿話もあります。ところが佐藤や志賀さんと来たら全くその反対で、犬と云ふと可愛ゆくて〳〵たまらない、泥足のまゝ座敷へ上げて、キリ〳〵舞ひさせて楽しむといつた調子です。が、僕はとてもあゝまでなれない。猫なら何ですが。妙ですね。（談）

（昭和四年二月「週刊朝日」）

猫——マイペット

飼つたと云へば、横浜時代にも飼つたことはあつたけれど、だいたい日本の猫が嫌ひなのと、外国の好い猫が、容易に手に入らなかつたので、僕の猫ずきも随分古い話だが、本当に猫を熱心に飼ひ出したのは、何と云つても七八年前関西に住むやうになつてからのことだらう。

今ではペルシャ猫が三匹と、アメリカ猫一匹、イギリス猫一匹、それに日本猫の血のまじつた混血猫一匹と、みんなで六匹ゐるのだが、このうち、二匹のペルシャ猫はこの間アメリカから帰つて来た上山草人のみやげに貰つたものである。本当をいへば、草人が持つて帰つて来てくれたのはペルシャ猫四匹で、シルヴァの雌雄とブリュウの雌雄であつた。だいたい猫と云ふものは既に夫婦になつてゐるのは別だけれど、たゞ雌と雄とを同じところで飼つてゐたのでは、子供を産まない、どうも別々に外へ出て行つて、どこかの野良猫と一緒になつてしまふ——さふいふ経験が、これまでにあるものだから、その四匹のうちシルヴァの雄とブリュウの雌を、動物ずきの奥村さん（大阪毎日編輯総務）に贈ることにしたのだつた。それが、僕が貰つて家へ帰つてから一週間ばかりたつた十二月卅日の夜だつたが――どうしたものか残されたシルヴァの雌が見えなくなつた。何しろ年来のことで家中のものが何やかやで忙しかつたので何時の間に出て行つたのか、誰も気づかずにゐたのだが、ひよつとするとシルヴァの方はアメリカにゐる時分から夫婦だつたかも知れない――と云つても、猫がゐなくなるのは今までにもよくあつたし、どこへたづねて行くあてもないから、もし盗まれたのなら仕方はあるまいが、もしか家を忘れて迷つてゐるなら、僕のところの猫はこの近所の村の誰もが知つてゐるから連れて帰つてくれるだらうと、気にかゝりながらもそのまゝになつてゐたのだが、不思議と云へば不思議なことに、十日夜、大阪で草人に会つて共に話して、共に飲んで朝がたになつて帰つてくると――シルヴァが帰つてきました。……といふ話だ、何でも村の方で迷つてゐたのを八百屋か誰かが親切に連れて来てくれたと云ふことだつたが、本当に嬉しいと思つた。

もう一匹のブリュウの雄はまだ本当の子供で、ヘットをなめ過ぎて腹をこはして今は病院に入つてゐるけれど、草人が持つて帰つた猫は四匹ともアメリカでも有名な猫の子供で、ちやんとした系図が後から届いたが、なかでも奥村さんに贈つたブリュウの雌はアメリカのどこやらの展覧会で賞状を貰つたものなんださうだ。ちよつと手には入らないが、僕の好きなのはシャム猫で、オーストラリア猫はある人に去年から依頼してあるがまだ届かぬ。どちらかといへば人間と同じやうに猫でもたゞ美しいと云ふのよりも利口なものが僕にはよい。美しいだけのはすぐに飽きるが、利口な猫がゐなくなつたり、死んだりすれば本当にホロリとするものだ。（談）

（昭和五年一月「大阪毎日」）

客ぎらひ

○

たしか寺田寅彦氏の随筆に、猫のしつぽのことを書いたものがあつて、猫にあゝ云ふしつぽがあるのは何の用をなすのか分らない、全くあれは無用の長物のやうに見える、人間の体にあんな邪魔物が附いてゐないのは仕合せだ、と云ふやうなことが書いてあるのを読んだことがあるが、私はそれと反対で、自分にもあゝ云ふ便利なものがあつたならばと、思ふことがしばしばである。猫好きの人は誰でも知つてゐるやうに、猫は飼主から名を呼ばれた時、ニャアと啼いて返事をするのが億劫であると、黙つて、ちよつと尻尾の端を振つて見せるのである。縁側などにうづくまつて、前脚を行儀よく折り曲げ、眠るが如き眠らざるが如き表情をして、うつらうつらと日向ぼつこを楽しんでゐる時などに、試みに名を呼んで見給へ、人間ならば、えゝうるさい、人が折角好い気持にとろ〳〵としかゝつたところをと、さも大儀さうな生返事をするか、でなければ狸寝入りをするのであるが、猫は必ずその中間の方法を取り、尾を以て返事をする、それが、体の他の部分は殆ど動かさず、――同時に耳をピクリとさせて声のした方へ振り向けるけれども、耳のことは暫く措《お》く。――半眼に閉ぢた眼を纔《わず》かに開けることさへもせず、寂然たるもとの姿勢のまゝ、依然としてうつら〳〵しながら、尻尾の末端の方だけを微かに一二回、ブルン！と振つて見せるのである。もう一度呼ぶと、又ブルン！と振る。執拗《うるさ》く呼ぶとしまひには答へなくなるが、二三度は此《こ》の方法で答へることは確かである。人はその尾が動くのを見て、猫がまだ眠つてゐないことを知るのであるが、事に依ると猫自身はもう半分眠つてゐて、尾だけが反射的に動いてゐるのかも知れない。何にしてもその尾を以てする返事の仕方には、一種微妙な表現が籠つてゐて、声を出すのは面倒だけれども黙つてゐるのも余り無愛想であるから、ちよつとこんな方法で挨拶して置かう、と云つたやうな、そして又、呼んでくれるのは有難いが実は己は今眠いんだから堪忍してくれないかな、と云つたやうな、横着なやうな如才ないやうな複雑な気持が、その簡単な動作に依つていとも巧みに示されるのであるが、尾を持たない人間には、こんな場合にとてもこんな器用な真似は出来ない。猫にさう云ふ繊細な心理作用があるものかどうか疑問だけれども、あの尻尾の運動を見ると、どうしてもさう云ふ表現をしてゐるやうに思へるのである。

○

私が何でこんなことを云ひ出したかと云ふと、他人は知らず、私は実にしば〳〵自分にも尻尾があつたらなあと思ひ、猫を羨しく感ずる場合に打《ぶ》つかるからである。たとへば机に向つて筆を執つてゐる最中、又は思索してゐる時などに、突然家人が這入つて来てこま〲した用事を訴へる。と、私は尻尾がありさへしたら、ちよつと二三回端の方を振つて置いて、構はず執筆を続けるなり思索に耽るなりするであらう。それより一層痛切に尾の必要を感ずるのは、訪客の相手をさせられる時である。客ぎらひの私は余程《よほど》気の合つた同士とか、敬愛してゐる友達とかに久振で会ふやうな場合を除いて、めつたに自分の方から喜んで人に面接することはなく、大概いつもいや〳〵会ふのであるから、用談の時は別として、漫然たる雑談の相手をしてゐると、十分か十五分もすれば溜らなく飽きて来る。で、自然此方《こちら》は聞き役になつて客が一人でしやべることになり、私の心はともすると遠く談話の主題から離れてあらぬ方へ憧れて行き、客を全く置き去りにして勝手気儘な空想を追ひかけたり、ついさつき迄書いてゐた創作の世界へ飛んで行つたりする。従つて、ときどき「はい」とか「ふん」とか受け答へはしてゐるもの丶、それがだん〳〵上の空になり、とんちんかんになり、間が空き過ぎたりすることを免れない。時にはハッとして礼を失してゐたことに心づき、気を引き締めて見るのであるが、その努力も長続きがせず、やゝもすれば直ぐ又遊離しようとする。さう云ふ時に私は恰《あたか》も自分が尻尾を生やしてゐるかの如く想像し、尻がむづ痒くなるのである。そして、「はい」とか「ふん」とか云ふ代りに、想像の尻尾を振り、それだけで済まして置くこともある。猫の尻尾と違つて想像の尻尾は相手の人に見て貰へないのが残念であるが、それでも自分の心持では、これを振ると振らないではいくらか違ふ。相手の人には分らないでも、自分ではこれを振ることに依つて受け答だけはしてゐるつもりなのである。

（昭和二十三年）

——以下略——

木かげ　猫と母性愛

壺井榮

交りつけのないまっ白な仔猫だというふれこみだったので、あまり猫好きではない女たちまでが一も二もなく賛成した。評定の末、ユキと名前まで決めて待っていたが、ひと月の上もたってそろそろ忘れかけた頃つれてこられた猫は、思いもよらぬ虎斑だった。つれてきた女あんまは約束が白猫だったことなどけろりと忘れた顔で、斑の仔猫の器量自慢をした。業腹だったが仔猫に罪はなかった。猫は部屋に入ってくるなり、幼稚園へいっている男の子のビー玉を見つけて、追っかけ追っかけころがったりねらいをつけて走ったりした。その無邪気な様子をみると、いつか気持がなごんで白猫でなくともよくなっていた。人なつこい丸い鈴のような目は猫の器量を決定づけていたのに、全然物おじをしないことも一そう猫への愛情をそそった。困ったのは名前で、白猫でもないのにユキでもあるまいと主婦のたつ子は思ったのだが、幼稚園の良介はかまわずユキにして、友だちに紹介してしまった。ユキという名の猫がくるとふれまわっていたのだった。初めて猫の話が出たとき、女あんまは追従《ついしょう》笑いを浮べて云ったものである。

「ペルシャ猫のまっ白な、きれいな猫なんですがね、いいお宅へ差上げたいとおっしゃる、私のお得意さまがありましてね、わたくしなら顔も広かろうとおっしゃって、頼まれているんですけど、お宅さまあたり、いかがでしょう。坊ちゃんのおつれにもよろしいでしょうと思いますけど」

　犬や猫も、もうだいぶ近所となりで見うけるようになっていた。ねずみの横行と思い合せて飼ってもいいなと考えるたつ子の気持の動きをみてとると、女あんまは重ねて云った。

「私も猫は大すきで、本当はその白ちゃんをもらいたいんでございますけどね、しょっ中こうして出かけますと、猫ひとりおくのも可哀そうに思いましてね。何しろ可愛がっているかいないか、白猫ほど正直なものはありませんですからね。ほんとに正直ですわ」

　手入れを怠れば毛並がよごれるというのだろうか。何を基準にして自分の家をいいお宅ときめたのか。腹をもまれる時のようなくすぐったさだったのを、斑猫をつれてこられたことでたつ子はふと思い出して苦笑した。そんないきさつもいつか忘れてしまって、猫は結構ユキでおさまった。初めてきたのは寒中のことであったが、寒い間中ユキは、家の中のもっとも居心地のよい場所をわたり歩いた。昼間は日当りの縁側で、曇り日や寒い日はこたつの中で、そして夜は必ず誰かの寝床にさそわれた。ユキの好きなのは亭主の良吉の寝床だつた。

「どうだい、畜生でもちやんと見分けるよ。りこうなもんだよ」

するとたつ子はわざとにやにやして、自慢する良吉をひやかした。

「にやァつて猫なで声を出されると、その年になつても悪くないのね。ユキの方じやあどのふとんがやわらかいか、ちやあんと知つてんのよ」

しかし、まつたくユキがりこうなことは不思議なほどだつた。用便の度に土をほつて用を足し、すむと又土をかけてきれいに地をならし、臭いのなくなるまで嗅いでは土をかけるその仕草は、それが猫の習慣とは知りながらも感心のほかなかつた。じやれて遊ぶのは主に良介、たべ物をねだるのは娘の正子か手伝いの清子ときめて、ユキは娘たちの顔さえみれば両手を膝にかけて甘えかかつた。そして夜中に外へ出たいときなどに起すのは目ざといたつ子の枕をかくという具合に、それぞれの條件をいつのまにか心得ていた。ねずみは一ぴきもとらなかつたが、ユキがきてからは奇妙にいなくなつた。赤いリボンをつけたユキの姿は、近所の猫たちの中で一きわ目だつ愛らしさだつた。

ユキは家の内外をかけ廻つてあそんでいた。ユキに心をよせて集まつてくる猫はたくさんいて、よくぞこれだけの猫がと思うほどだつた。あれがユキかと呆れるような鳴声を聞かされることもあつて、その時期をすごすと、急にユキは大人びてきた。暑くなるにつれて、寒い時に日向をさがしていたようにユキは涼しい場所を上手に見つけ出して、昼も夜もごろごろ寝てばかりいるようになつた。横ざまに、まるで人間の女のだらしない寝相をそのままに昼寝をむさぼるユキの姿は、時々女たちを恥かしがらせたりした。片手を顔にのせた可憐な寝姿もみせた。そのユキが、どうやら妊娠らしいと気づいたのは七月初めだつた。美しかつた毛並が艶をなくし、動作がにぶつていた。そして腹部に小さな石でものんだようなかたまりが出来ていたのである。

「おや、ユキは子供ができるらしいよ」

たつ子がいうと、正子や清子たちは声を揃えて、

「まさか、まだ子供よ」と云つた。

しかし、ユキの腹部は一日毎に動かしがたい形を見せてきた。

「やつぱりそうかしら」

「そうよ、ほら、あの時だよ。家出した」

それは五月末のことだつた。二日二晩家をあけたユキは三日目の明け方、たつ子の寝て

いる部屋の雨戸をたたいて、とびこんできた。何も食べなかつたらしく目立つほどやせていたにも拘《かかわ》らず、何にも食べずに一日ねむりつづけたことがある。それ以来ものうくなつた動作である。

「いやあねユキ、お前まだ子供じやないの」

正子がいやがつた。ユキの相手がおそらくきたない捨猫と察しられたからだ。黒八分茶二分の毛色がきたならしく交りあつたその黒つぽい捨猫は、人間をみるとき猛々しい目つきで構えた。近所の鶏をとつたり、台所にしのびこむのはこの猫で、石をなげられるのもいつもこのどら猫だつた。

「いやなの。ユキのボーイ・フレンド、あれらしいわ」

正子たちは面白がつてそんなはやり言葉を云つたりしていた。東隣りの三毛や北隣りの白や、どこのだかわからぬブチなど、いかにも飼猫らしく美しい毛並をした牡猫たちが遊びにくるにも拘らず、ユキはどら猫をえらんだのだ。その毛並の美しい猫たちに向つては毛を立てて怒りの形相をするユキが、どらに対しては至極やさしかつた。食物をもらうと、ユキはのどの奥をぐるん、ぐるんと鳴らせて、どらを呼んだ。するとどらはあたりをうかがいながらよつてきて一つ皿をユキとならんで食べた。みんながどんなに目の敵にしているかを知らぬらしく、ユキはいつもどら猫と戯れていた。

「ユキがすきなら仕方がないさ。それを何とか云うのは猫権蹂躙だろうからね」

「いやなお母さん」

「そうさ。人間より、よつぽど立派だよ。おとなりさんなんかより、決断力があるわよ」

隣家の大村家では三男の縁談についてもたもたしていた。士官学校を卒業の前に終戦となつたために目的を中断されたその青年は、目のするどい口数の少い男だつた。二人の兄たちが戦死したため、長男の役目をせねばならぬ彼は、自分の選んだ相手が親たちの気に入られず、余計言葉少くなつていた。そのすごい目つきが、黒猫に似ていると正子たちは評しあつていたのである。

「どうして、はつきりしないいんでしようね。今どき」

ユキのお産は七月末だつた。家出の時から丁度二か月たつていた。その日ユキは朝から落ちつかず、しきりに納戸《なんど》に入りたがり、たつ子や正子たちに訴えた。足もとにまつわりついて下から見上げて鳴いては、納戸の入口にかけて行つてまた鳴く。そんなことを十回もくり返したろうか。清子が気づいて、

「ユキ、お産じやないかしら」

案の定納戸の戸を開けてやると、ユキは部屋中を丹念に嗅ぎまわつた。そう云えば四五日前から物色していたらしく、納戸をあける度にはいつてきて暗い隅の方に行きたがつていた。茶箱の置いてある壁際の、からだの入りかねるほどせまいところを産室に決めたらしく、そこへいつてしやがんだ。一ばん静かな、暗い場所を選んだことが何となくあわれだつた。ぼろをしいたみかん箱を置いてやると、ユキはまるでそういう仕草を親から教わりでもしたように上手な用意をはじめるのだつた。まんべんなく敷いてやつたぼろ布をユキは尻の下にまとめて坐りこんだ。見られていると気を立てると聞いたので、猫のお産に経験のある清子を産婆役に残して、たつ子も正子も部屋を出た。だがみんな落ちつかなかつた。良介が遊びに出ていたことは幸いだつた。清子は十分か二十分おきに出てきて報告した。

――とつても苦しむんですよ。さすつてやるとごろごろいつて喜んでますけど……

――難産のようですよ。やつと出かかりましたけど、足が出ただけでもう力がはいらないんです。逆児ですね……

「清ちやん、出てこないでおなかさすつてやりなさいよ」

たつ子は心配して産室の窓の外に立つて、中の様子に聞き耳をたてた。正子は正子で良介が帰つてきても中へ入れぬよう、部屋の入口でがんばつていた。ユキの、ぎやつという悲鳴ににた叫びの次に、清子の言葉が聞えた。

「あつ、やつと出ました。ユキとそつくり、あらア、死んでるようですわ。でも知らないでしきりになめてやつてる」

二三時間もかかつたろうか。ユキはもう一匹を、今度は安産した。たつ子が入つてゆくと、ユキは黒つぽい、ぬれた生物をしきりになめ廻していた。どら猫にそつくりのきたない毛並だつた。清子は手なれた様子で死んだ方の仔猫を手早くかくした。

「あのう、うちの田舎ではこれは四辻に埋めるものだつていいますけど」

シュウマイの入つていた小さな折箱に入れた仔猫をそつとうしろにかくしながら清子は小さい声でいつた。まるでユキに聞かれるのをはばかるような様子だつた。田舎の風習だろうが、そんな余地のある四辻などはちよつと考えられず、たつ子は笑つた。笑いながら、そんな昔風な風習を口にするようになつた今日の生活を思い、それとならべて猫など姿を消した戦時中の出来ごとを暗い記憶で思い出していた。町内の犬を殺しては食べていたという人たち、犬の料理方を引受けていた巡査は、いつもまるまると太つて、油ぎつた顔色をしていた。村会の大鍋は幾度か犬の犠牲鍋となり、防空の人たちの中にはそれを目当てに出てくる者もあるという噂だつた。貧しい経済学者は幾杯も碗を重ね、最後の鍋ざらえをすると噂されていた。あれから五年たつ。六年かもしれぬ。どうしてそんなことを思い出したろうかと、たつ子は淋しかつた。本来ならばユキのために喜んでやるべき目出度い日なのに。

二三日たつた。ユキは目に見えて元気になり、一匹死んだことなど念頭にないらしく、黒つぽい仔猫に乳を与えていた。しかし、いかにもそれは似つかわしくなかつた。暇さえあればユキは子供をほつたらかして、涼しい場所で一人ねていた。いかにもそれは家中の人を信じているようでもあれば、まだ十分母親としての貫禄に欠けているようにも見えた。どう見たつて、母猫ではなかつた。人間ならば十五六の少女ででもあろうか。ユキのいないとき、家の者は仔猫の箱をかこんで評定した。

「どうひいき目にみても汚い猫ね」

「育てる?」

「でも、ユキが可愛がつているようよ」

「猫の親としては無情の方よ。すてられても案外平気かもしれない」

「育ててやろうよ。せつかく生れてきたんだから」

「そうなると、これで又、冬までに産むのよ。今度は三匹ぐらい生れるわ」

「よそへやればよい」

「貰い手があると思う？」

「ふうむ。まず無かろうね」

「結局どらねこの運命よ」

「捨てるなら、早いがいいね。今、すぐ」

良吉の決断で、仔猫はまず別の部屋に移された。気配を感じてか、北窓でねていたユキは風のように飛んできて、納戸へ入るなりさわぎ出した。なげしにとびついたり、タンスの上にかけ上つたりしてさがした。だが納戸をしめ切つたので四五日すると落ちついた。ぺこんとなつた腹はいかにも経産婦らしかつたが、ひとりになると無邪気さを取り戻して、また、終日黒い捨猫と遊んだ。そして誰もそこにいない時は、自分の飯皿のそばでぐるん、ぐるんとのどをならして牡を呼んだ。

ある曇りの日のむし暑い日の夕方、ユキたちは裏庭の柿の木の下かげで、ころびつまろびつ遊んでいた。柿の木と少しはなれた大村家との地境は、戦争中取り払われていた生垣も直されて四つ目の竹の色もまだあせていなかつた。穂には大分間のある芒《すすき》の葉も青々とのびて、そこだけは涼しい風が吹いているようだつた。生理的な季節をはずれた今、ユキたちのたわむれは気のあつた者同士の無邪気さであつた。犬ころのようにころびつまろびつの戯れの時、突然はげしい銃声がひびき渡り、勝手もとにいた清子たちを飛び上らせたと同時に、柿の木の下では、ぎやぎやあつ！　とユキたちの噛みあいが始まつた。

「あつ、ユキが！」大声で叫んではだしでとび出した清子は、動けぬユキを胸に抱いて入つてきた。

「へんよ。後足が立たないらしいの」

気負つた声で清子は隣家の方をふりかえつた。空気銃をもつた大村家の息子が四つ目垣の向うに立つている。

「お宅のですか。もう一つの猫をうつたつもりでした」

ぎろりとした目で云つた。たつ子と正子はすぐに近くの犬猫病院にかけつけたが、尻尾のつけ根から背骨に入つた弾はかんたんにはとれぬということだつた。中枢神経をやられたユキは右の後足が立たなかつた。家に帰ると、ユキはびつこの足でひよこひよこと歩きながら机の下に這いこみ、向う向きのまま放心したように動かなかつた。名を呼んでもいつものように返辞もせず、耳を動かしての関心も見せない。好きなミルクも見向きもしなかつた。

「ひどい。いくら相手が猫だつて、人の屋敷に銃を向けるなんて」

「むごいわね。どんなことしたかしらないけど、あんなに仲よく遊んでいるのを、よくうてたわ」

たつ子と正子はいつまでも寝られなかつた。何度も机の下をうかがうと、ユキも頭を上げて起きていた。相手が猫だと思つているらしいことで、怒りは余計に強まつてきた。敷居を隔てて、正子はくらがりの中から話しかけてきた。

「ねえお母さん、大村さんとこね、せつかく決つた縁談を、こんどは坊ちやんの方が断つたんだつてよ。今に、朝鮮問題が永引いたら戦争にゆくから、結婚どころでないつて」

「ばかな」

「ねえお母さん、あの時ユキたち猛烈な嚙みあいしたでしよう。あれ、大村さんが打つたなんて知らずに、お互に相手が痛い目をさせたと思つたのよ、きつと」

「そうだろう。可哀そうに」

「ねえお母さん、ユキ、なおるかしら」

「分らんね。いつまでも足が立たんようなら、注射で眠らしてもらおうか」

「いやだわ。いや」

朝になると、ユキは少し元気になつていた。夜じゆう傷をなめつづけていたらしく、のどをかわかせていつまでも水をのみ、やがてなえた足を引きずりながら、不自由な歩行で外へ出た。そうして柿の木の下へゆくと、柔軟なからだを前にこごませて、根気よく尻尾のつけ根をなめつづけていた。

猫と母性愛

うちの飼猫は多産系らしく、夏のお産に七匹も生んだ。一匹だけは生れる前から貰い手がついていたのだが、七匹も生れるとどれを残してよいか、選択に迷つた。その結果、一番丈夫そうな長男（？）と、もつともひ弱な末つ子を残すことにした。

長男は、末つ子の三倍ほどもあり、すくすくとのびた。末つ子の方はおなかのあたりなどまだ十分毛も生え揃わない、人間で云えば月足らずのような感じの猫だつたが、これは赤ブチの母親そつくりの毛並をもつていたので、親猫にしても可愛かろうと思いやつて、残したのである。

案の定親猫はこの子をとく別可愛がつているように思えた。いつみても、親猫の顔に近い方の乳をのませているから、そう思えたのである。

乳をのんでいる間は、ずつとなめつづけていた。それは、長男よりもずつとずつとたくさんなめてやつていた。そのせいだかどうだかは分らぬが、いよいよ乳離れしてもよい頃までには殆ど長男に近いほど元気になつた。

しかし、することなすこと、すべて末っ子的だつた。長男の方が母親のしつけどおりいち早く汚物の始末を覚えて、小さいなりに母親と同じように畑の土を掘り、用をすますと丹念に土をかけてはかぎ、かけてはかぎ、臭いのなくなるまでそれをくりかえす行儀のよさにくらべて末っ子猫は時々おずおずるをして玄関で失礼することがあつた。

こんな風ではどこへもあげられまいと思い、うちで飼う決心をして、名前もつけた。どこからどこまで全く母猫とそつくりなので、親の名がトミだから、小トミとつけたのだが、呼びにくいので、チョンと改名した。長男の方は貰われてゆく家の好みもあろうかと、つけずにおいた。

二か月ほどたつたある日、名無しの長男は小さなバスケットに入れられて家を出ていつた。ところが、不思議にもその同じ日にチョンの方にも縁談があつて、その日のうちに貰われていつた。「猫の子じやあるまいし」という云い草があるがまつたくかんたんに片づいてしまつた。

しかし、いくら猫の子とはいえ、あまりのかんたんさに、私たちの気持は妙に落ちつかなかつた。ことに母猫のトミとしては一そう納まらなかつた。夜通し鳴きつゞけさがしつゞけ、私たちのそばへきてはうつたえるのである。三日たつても五日たつてもそれはつゞいた。あまりの哀れさに、好物のコロッケなどをやると、食べずにくわえたまゝまた子をさがす。少し落ちついて眠つている時でさえ、悲しげな小声で鳴く。まるでそれは、夢にまで子供のことを思つているようだつた。覚めれば悄然とし、思い出しては悲愴な鳴き声で子を呼びつゞける。

「猫つて、孤独だなア」

「自分の意志では、子どもを育てられないんだものね」

私たち夫婦は猫の歴史を語りながら、猫の哀れさを思い、猫も夢をみるだろうかと、そんなことも語りあつた。人にきくと、子を離すと二三日は鳴きさわぎ、さがし廻るということだつたが、うちのトミは一週間たつても落ちつかず、だん〳〵元気がなくなつていつた。ものをやつてもろくに食べないのである。一度に二匹ともとりあげるなんて、人間の残酷さにも心をせめられて、私はとうとうチョンをとりかえすことにした。チョンはチョンでまた母を求めて終日鳴き暮していたらしい。

「ほらほらトミや、ムスコがもどつてきたよ」

つれにいつたうちの娘が、ふところからチョンを放してやつたときは、見ものだつた。

つーと顔をよせて行つたと思うと、チョンの方は忽ち乳房にしがみつき、くちゆくちゆ音立てて乳をのみ出した。トミはそれをなめつゞけて、その日は一日チョンの毛並はぬれていた。

それからあと、歩くとき、二ひきはいつももつれ合つていた。みていると、トミの躾《しつけ》は相当なものだつた。自分の叱られる場所でチョンが爪をといだりすると、シッポを喰わえて引つぱる。チョンがふざけすぎると、前足で背中を押えつけて動けなくする。意地の悪いまでの躾である。それなのに、食事のときは、いつも番を子供にゆずり、じつとみている。人間の方が恥かしくなることさえある。

猫のこんな姿を、私ははじめてみた。親をはなれた長男の方はもう初ネズミをとつたという知らせがあつたのに、チョンはまだ乳をのんでいる。

猫　子猫

寺田寅彦

猫

一

春から夏に移る頃であつたかと思ふ。或日座敷の縁の下で野良猫が子を産んで居るといふ事が、それを見つけた子供から報告された。近辺の台所を脅かして居た大きな黒猫が、縁の下に竹や木材を押し込んである奥の方で二疋の子を育てゝ居た。一つは三毛でもう一つは雉毛であつた。

単調な我家の子供等の生活の内では此れは可也《かなり》に重大な事件であつたらしい。猫の母子の動静に関する色々の報告が屢々《しばしば》私の耳にも伝へられた。

私の家では自分の物心ついて以来かつて猫を飼つた事はなかつた。第一私の母が猫といふ猫を概念的に憎んで居た。親類の家にも、犬は居ても飼猫は見られなかつた。猫さへ見れば手当り次第にものを投げ付けなければならない事のやうに思つて居た。或時居た下男などは丹念に縄切れでわなを作つて生垣のぬけ穴に仕掛け、何疋かの野猫を絞殺したりした。甥の或るものは祖先伝来の槍をふり廻して猫を突くと云つて暗闇にしやがんで居た事もあつた。猫の鳴声を聞くと同時に槍を放り出しておいて奥の間に逃げ込むのではあつたが。

　そんな様な訳で猫といふものに余りに興味のない私はつい縁の下を覗いて見る丈《だけ》の事もしないで居た。

　其内《そのうち》に子猫は段々に生長して時々庭の芝生の上に姿を見せるやうになつた。青く芽を吹いた芝生の上の躑躅《つつじ》の影などに足を延ばして横になつて居る親猫に二疋の子猫がじやれて居るのを見かける事もあつたが、廊下を伝つて近付く人の足音を聞くと親猫が急いで縁の下に駆け込む、すると子猫も殆ど同時に姿を隠してしまふ。盗賊猫の子は矢張《やはり》盗賊猫になるやうに教育されるのであつた。

　或日妻がどうしてつかまへたか雉毛の子猫を捕へて座敷へ連れて来た。白い前掛ですつかりからだを包んで首だけ出したのを膝の上にのせて顎の下をかいてやつたりして居た。猫はあきらめて余り藻掻《もが》きもしなかつたが、前脚だけ出してやると、もう逃げよう〳〵として首をねぢ向けるのであつた。小さな子供等は此の子猫を飼つて置き度いと望んで居たが、私はいゝ加減にして逃がしてやるやうにした。我家に猫を飼ふといふ事はどうしても有り得べからざる事のやうにしか其時は思はれなかつた。

それから二三日経つて妻は又三毛の方をつかまへて来た。処《ところ》が此の方は前の雉毛に比べると恐ろしく勇敢できかぬ気の子猫であつた。前垂にくるまりながら烈しく抵抗し、一寸でも脚を出せばすぐ引搔き噛み付かうとするのである。庭で遊んで居る時でも此方が雉毛よりずつと敏捷で活発だといふ事であつた。猫の子でもやつぱり兄弟の間で色んな個性の相違があるものかと、私には珍しく面白く感ぜられた。猫などは十疋が十疋毛色はちがつても性質の相違などはないものゝやうにぼんやり思つて居たのである。動物の中での猫の地位が少し上がつて来たやうな気がした。

子供のみならず、今度は妻迄も口を出して此の三毛を馴らして飼ふ事を希望したが、私はやつぱりさういふ気にはなれなかつた。併《しか》し此のきかぬ気の勇敢な子猫に対して何かしら今迄つひぞ覚えなかつた軽い親しみ或は愛着のやうな心持を感じた。猫といふものが極めて僅かであるが人格化されて私の心に映り始めたやうである。

其れ以来此の猫の母子は一層人の影を恐れるやうになつた。其れに比例して子供等の興味も増して行つた。夕食の後などには庭のあちらこちらに伏兵のやうにかくれて居て、うつかり出て来る子猫を追ひ廻してつかまへようとして居たが、もう大人にでもつかまりさうでなかつた。余りに募る迫害に恐れたのか、それとも又子猫がもう一人前になつたのか、縁の下の産所も永久に見捨てゝ何処かへ移つて行つた。それでも時々隣の離れの庇《ひさし》の上に母子の姿を見かける事はあつた。子猫は見る度毎に大きくなつて居るやうであつた。そしてもう立派な一《ひと》かどのどろぼう猫らしい用心深さと敏捷さを示して居た。

鼠の悪戯《いたづら》は其間にも続いて居た。とう〳〵二階の押入れの襖《ふすま》を喰ひ破つて、来客用に備へてある一番いゝ夜具に大きな穴をあけて居るのを発見したりした。もう子鼠さへもかゝらなくなつてしまつた捕鼠器は、蓋の落ちた儘台所の戸棚の上にはふり上げられて、鉤に吊した薩摩揚《さつまあ》げは干からびたせんべいのやうに反りかへつて居た。

二

六月中旬の事であつた。或日仕事をして居ると子供が呼びに来た。猫を貰つて来たから見に来いといふのである。行つて見るともう可也成長した三毛猫である。大勢が車座になつて此の新しい同棲者の一挙一動を好奇心に充たされて環視して居るのであつた。猫に関する常識のない私には凡て唯珍しい事ばかりであつた。妻が抱き上げて顋《あご》の下や耳の周りを掻いてやると、胸のあたりで物の沸騰するやうな音を立てゝた。猫が咽喉を鳴らすとか、ゴロ〳〵いふとかいふ事は書物や人の話ではいくらでも知つて居たが、実験するのは四十幾歳の今が始めてゞある。これが喜びを表はす兆候であるといふ事は始めての私にはすぐにはどうも腑《ふ》に落ちなかつた。

「此の猫は肺でもわるいんぢやないか」と言つたらひどく笑はれてしまつた。実際今でも私には果して咽喉が鳴つて居るのか肺の中が鳴つて居るのか分らないのである。音に伴ふ一種の振動は胸腔全部に波及して居る事が触つて見ると明に感ぜられる。腹腔の方ではもうずつと弱く消されて居た。此れは振動が固い肋骨に伝はつてそれが外側迄感ずるのではないかと思ふのである。それにしても此の音の発するメカニズムや、此のやうな発音の生理的な意義やについて知り度いと思ふ事が色々考へられる。中学校で動物学を教はつたけれども、鳥や虫の声については雑誌や書物で読んだけれ共《ども》、猫のゴロ〳〵については未だ知る機会がつかなかつたのである。此れは何も現代の教育の欠陥ではなくて自分の非常識によるものであらう。デモクラシーを神経衰弱の薬、レニンを毒薬の名と思つて居た小学校の先生があつたさうであるが、自分のはそれより一層ひどいかも知れない。併しレニンやデモクラシーや猫のゴロ／＼の本当の分つて居る人も存外に少ないのではあるまいか。兎《と》も角《かく》も此のゴロ／＼は人間などが食慾の満足に対する予想から発する一種の咽喉の雑音などゝは本質的にも異つたものらしく思はれる。

此の音は私に色々な音を聯想《れんそう》させる。海の中にもぐつた時に聞える波打際の砂利の相摩する音や、火山の火口の奥から聞えて来る釜のたぎるやうな音なども思ひ出す。若《も》しや獅子や虎でも同じやうな音を立てるものだつたら、此の音は一層不思議なものでありさうである。夫《そ》れが聞いて見たいやうな気もする。

畳の上におろしてやると、もうすぐ其処にある紙片などにじやれるのであつた。其挙動はいかにも軽快でそして優雅に見えた。人間の子供などはとても、自分のからだを此れだけ典雅《グレースフル》に取り扱はれようと思はれない。英国あたりの貴族はどうだか知らないが。

それで居て一挙一動が如何にも子供々々して居るのである。人間の子供の子供らしさと、何処とは明に名状し難い処に著しい類似がある。

野良猫の子に比べて何といふ著しい対照だらう。彼れは生れ落ちると同時に人類を敵として見なければならない運命を授けられるのに、此れははじめから人間の好意に絶対の信頼をおいて居る。見ず知らずの家に貰はれて来て、そしてもう其処を吾家として少しも疑はず恐れても居ない。どんなにひどく扱はれても、それは凡て好い意味にしか受取られないやうに見えるのである。

それはさうと、私はうちで猫を飼ふといふ事に承認を与へた覚えはなかつたやうである。子猫を貰ふといふ事について相談は屢〻受けたやうであるが積極的に同意は未だしなかつた筈であつた。しかし今眼前に此の美しいそして子供々々した小動物を置いて見て居る内にそんな問題は自然に消えてしまつた。

子猫がほしいといふ家族の大多数の希望が女中の口から出入の八百屋に伝へられる間にそれが積極的な要求に変つてしまつたらしい。突然八百屋が飼主の家の女中と一緒に連れて来たさうである。台所へ来たのを奥の間へ連れて行くとすぐ又台所へかけて行つて、連れて来た人の後を追ふので、暫時紐でつないでおかうかと云つて居たが、連れて来た人が其れは可哀さうだからどうか縛らないでくれといふのでよしたさうである。夜は懐へ入れて寝かしてやつてくれといふ事も頼んで行つたさうである。私が見に来た時はもう可也時間がたつて余程馴れて来た処であつたらしい。

もとの飼主の家では余程大事にして育てられたものらしい。食物なども中々めつたなものは食はなかつた。牛乳か魚肉、それもいゝ処だけで堅い頭の骨などは食はうともしなかつた。恐ろしい贅沢な猫だといふものもあれば、上品だと云つてほめるものもあつた。膳の上のものをねらふやうな事も決してしないのである。

子供等の猫に対する愛着は日増に強くなるやうであつた。学校から帰つて来ると肩からカバンを下す前に「猫は」「三毛は」と聞くのであつた。私は何となしに淋しい子供等の生活に一脈の新しい情味が通ひ始めたやうに思つた。幼い二人の姉妹の間には屢〻猫の争奪が起つた。

「少しわたしに抱かせてもいゝぢやないの」とか「ちつともわたしに抱かせないいんだもの」とか云ひ争つて居るのが時々離れた私の室迄聞えて来た。おしまひにはどちらかゞ泣き出すのである。私は子供等が此為に余りに感傷的になるのを恐れない訳には行かなかつた。

猫も可哀相であつた。楽寝の出来るのは子供等の学校へ行つて居る間だけである。間もなく休暇になるともう少しの暇もなくなつた。大きい子等は小さい子等が三毛を玩具にして居るのを見ると、可哀相だから放してやれ抔《など》と云つて居ながら、すぐもう自分でからかつて居るのである。逃げて縁の下へでも隠れたらいゝだらうと思ふが、何処までも従順に、いや〳〵ながら無抵抗に自由にされて居るのがどうも少し残酷なやうに思はれ出した。実際段々に痩せて来た時とは見違へるやうに細長くなるやうであつた。歩くにもなんだかひよろ〳〵するやうだし、坐つて居る時でもからだがゆら〳〵して居た。そして人間がするやうに居眠をするのであつた。猫が居眠をするといふ事実が私には珍しかつた。大きな発見でもしたやうな気がして人に話すと知つてゐる人はみんな笑つたし、適《たま》に知らない人があつても誰も此の事実を面白がらないやうであつた。併し私は猫の此の挙動に映じた人間の姿態を熟視して居ると滑稽やら悲哀やらの混合した妙な心持になるのである。

此分では今に子猫は死んでしまひさうな気がした。時々食つたものをもどして敷物を汚すやうな事さへあつた。夜はもう疲れ切つて他愛もなく深い眠に陥《お》ちて、物音に眼をさますやうには見えなかつた。それでも不思議な事には鼠の跳梁は何時の間にか止んで居た。稀に台所で皿鉢のかち合ふ音が聞えても三毛は何も知らずに寝て居た。恐らく未だ鼠といふものを見た事のない彼女の本能は未だ眠つて居るのだらうと思はれた。

あんまりいぢめると、もう何処かへやつてしまふとか、もとの家へ返してしまふとかいふ威《おど》かしの言葉が子供等の前で繰返されて居た。とう〳〵飼主の家に相談して一両日静養させてやる事にした。

猫が居なくなるとうち中が急に淋しくなるやうな気がした。折柄降りつゞいた雨に庭へ出る事も出来ない子供等は何時になくひつそりして居た。

いつもは夜子供等が寝しづまつた後に、どうかすると足音もしないで書斎にやつて来て机の下からそつと私の足にじやれるのを、抱き上げて膝にのせてやると、すぐに例のゴロ〳〵いふ音を出すのであつたが、其夜はもとより居ないのだから来る筈はなかつた。仕事がすんでゆつくり煙草を吸ひながら、静かな雨の音を聞いて居る中に妙な想像が浮んで来た。三毛が本当に何処かへ捨てられて、此の雨の中を濡れそぼけてさまよひ歩いて居る姿が心に描かれた。餓と寒さにふるへながら何処かの塵芥箱《ごみばこ》のまはりでもうろ〳〵して居る。そして知らない人の家の雨戸を洩れる灯光を恋しがつて哀れな声を出して啼いて居さうな気がした。

翌日の夕方迎へにやつて連れて来たのを見るとたつた二日の間に見違へるやうにふとつて居た。尖つた顔がふつくりして眼が急に細くなつたやうに見えた。眼の周りにあつたヒステリックな皺は消えておつとりした表情に変つて居た。どういふ良い待遇を受けて来たのだらうといふのが問題になつた。親の乳でも呑んだ為だらうといふ説もあつた。

夏も盛りになつて、夕方になると皆が庭へ出た。三毛も屹度ついて来た。嘗《かつ》て野良猫の遊び場所であつた躑躅《つつじ》の根元の少し窪んだ処は、何かしら矢張どの猫にも気に入ると見えて、ボールを追つかけたりして駆け廻る途中で、きまつたやうに其処へ駆け込んだ。そして餌をねらふ猛獣のやうな姿勢をして抜足で出て来て、いよ〳〵飛びかゝる前には腰を左右に振り立てるのである。どうかすると熊笹の中に隠れて永い間じつとして居ると思ふと、急に鯉のはね上るやうに高くとび出して、そしてキョトンとしてとぼけた顔をして居る事もある。どうかすると四肢を両方に開いて腹をぴつたり芝生につけて、丁度もゝんがあの翔《かけ》つて居るやうな恰好をして居る事もあつた。多分腹でも冷して居るのではないかと思はれた。

芝を刈つて居ると何時の間にか忍んで来て不意に鋏《はさみ》のさきに飛びかゝるのが危険でしやうがなかつた。注意しながら刈つて居ると、時々、猫がねらつて居る事を警告する子供の叫声が聞かれた。此の芝刈鋏に対する猫の好奇心のやうなものはずつと後迄も持続した。もう紐切れやボールなどにはじやれなくなつた後でも、鋏を持つて庭に下りて行く私の姿を見るとすぐについて来るのであつた。どうかすると、しやがんで居る腰の下からそつと這入つて来て私の両膝の間に顔を出したりした。そしてちよつと鋏に触れるとそれで満足したやうにのそ〳〵向ふへ行つて植込の八つ手の下で蝶を狙つたり、蝦蟇《がま》をからかつたりして居た。

蝦蟇では一番始めに失敗したやうである。多分喰ひ付かうとしてどうかされたものと見えて口から白い涎《よだれ》のやうなものをだら〳〵垂らしながら両方の前脚で自分の口をもぎ取りでもするやうな事をして苦しんで居た。蛙が煙草をなめた時の挙動とよく似た事をやつて居た。其れ以来はもう口を付けないでたゞ前脚で蛙の頭をそつと抑へつけて見たり、横腹をそつと押して見たりしては首をかしげて見て居るだけであつた。愚直な蝦蟇は触れられる度にしやちこ張つて膨れて居た。土色の醜いからだが憤懣の団塊であるやうに思はれた。絶対に自分の優越を信じて居るやうな子猫は、時々脇見などしながらちよいちよい手を出してからかつて見るのである。

困つた事には何時の間にか蜥蜴《とかげ》を捕つて食ふ癖が付いた。始めの内は、捕へたのは必ず畳の上に持つて来て、喰ふ前に玩弄するのである。時々大きな奴の尻尾だけを持つて来た。主体を分離した尾部は独立の生命を有つもの丶やうに振動するのである。私は見付け次第に猫を引つ捕へて無理に口からもぎ取つて、再び猫に見付からないやうに始末をした。折角の獲物を取られた猫は暫くは畳の上を嗅いで歩いて居た。蜥蜴をとつて食ふのがどうしていけないのか猫に分らう筈がなかつた。私自身にも何故いけないかは説明する事が出来ないのである。それで後にはわざ〳〵畳に持ち上がるのは断念して、捕へた現場ですぐに食ふ事を発明したやうである。時々舌なめずりをしながら縁側へ上つて来る猫を見ると何んだか気持が悪くなつた。吾等の食膳の一部を食つて居る、我家族の一員である筈の此の猫が、蜥蜴などを食ふのは他の家族の食膳全体を冒瀆するやうな気がするといふのかも知れない。其れ程にまで此の四足獣は吾々の頭の中で人格化して居るのだと思はれる。

私は夜更けて独り仕事でもやつて居る時に、長い縁側を歩いて来る軽い足音を聞く。そして椅子の下へはひつて来てそつと私の足を撫でたりすると、思はず「どうした」とか「何だい」とか云ふ言葉が口から出る。それは決して独り語ではなくて、立派に私の云ふ事を理解し得る二人称の相手にさういふ心持で云ふのである。相手は何とも答へないで抱き上げてやればすぐにあの音を立てはじめるのである。子供のない淋しい人や自分の思ふ儘になる愛撫の対象を人間界に見失なつた老人などが只管《ひたすら》に猫を可愛がり、所謂《いはゆる》猫可愛がりに可愛がる心持が段々に分つて来るやうな気がした。或る西洋人が鴉《からす》を飼つて耕作の伴侶にして居た気持も少しわかつて来た。孤独なイーゴイストに取つてはこんな動物の方がなまじひな人間よりもどの位頼母《たのも》しい生活の友であるかもしれないのだらう。

不思議な事にはあれ程猫嫌ひであつた母が、時々膝に這上る子猫を追ひのけもしないのみならず、隠居部屋の障子を破られたりしても余り苦にならないやうであつた。

三

我家に来て以来一番猫の好奇心を誘発したものは恐らく蚊帳《かや》であつたらしい。どういふものか蚊帳を見ると奇態に興奮するのであつた。殊に内に人が居て自分が外に居る場合にそれが著しかつた。背を高く聳《そび》やかし耳を伏せて恐ろしい相好をする。そして命掛けのやうな勢で飛びかゝつて来る。猫にとつては恐らく不可思議に柔かくて強靱な蚊帳の抵抗に全身を投げかける。蚊帳の裾は引きずられながらに袋になつて猫のからだを包んでしまふのである。此れが猫には不思議でなければならない。兎も角も普通のじやれ方とはどうもちがふ。余りに真剣なので少し凄いやうな気のする事もあつた。従順な特性は消えてしまつて、野獣の本性が余りに明白に表はれるのである。

蚊帳自身か或は蚊帳越しに見える人影が、猫には何か恐ろしいものに見えるのかも知れない。或は蚊帳の中の蒼ずんだ光が、森の月光に獲物を索めて歩いた遠い祖先の本能を呼び覚すのではあるまいか。若し色の違つた色々の蚊帳があつたら試験して見たいやうな気もした。

じやれる品物の中で面白いのは帯地を巻いておく桐の棒である。前脚でころがすのは何でもないが棒の片端をひよいと両方の前脚でかゝへて後脚で見事に立ち上がる。棒が倒れると其れを飛び越えて見向きもしないで知らん顔をしてのそ〳〵と三四尺も歩いて行つてちよこんと坐る。さういふ事を何遍となく繰返へすのである。どういふ心持であるのか全く見当が付かない。

二階に籐椅子が一つ置いてある。其四本の脚の下部を筋違に連結する十字形の真中が一寸した棚の様になつて居る。此処が三毛の好む遊び場所の一つである。何か紙片のやうなものを下に落しておいて、入り乱れた籐のいろ〳〵の隙間から前脚を出して其紙片を捕へようとする。転がり落ちると仰向になつて今度は下から隙間に脚を代り〳〵に差し込んだりする。

此のやうな遊戯は何を意味するか吾々には分らない。恐らくまだ自覚しない将来の使命に馴れる為の練習を無意識にして居るのかも知れない。

里帰りの二日間に回復したからだはいつの間にか又痩せこけて肩の骨が高くなり、横顔が尖つて眼玉が大きくなつて来た。あまり可哀相だから、もう一疋別のを飼つて過重な三毛の負担を分たせようといふ説があつて此れには賛成が多かつた。

或る日暮方に庭へ出て居ると台所が賑になつた。女や子供等の笑ふ声に交じつて聞きなれない男の笑声も聞こえた。「イー猫だねえ」と「イー」に妙なアクセントを付けた妻の声が明に聞えた。それは出入の牛乳屋が何処かから貰つて、小さな虎毛の猫を持つて来たのであつた。

未だ本当に小さな、掌に入れられる位の子猫であつた。光沢のない長い初毛のやうなものが背中にそゝけ立つて居た。其顔が又余程妙なものであつた。額がおでこで一体に押しひしいだやうに短い顔であつた。そして不相応に大きく突立つた耳が此の顔に一層特異な表情を与へて居るのであつた。どうしたのか無気味に大きく膨《ふ》くれた腹の両側に吾々の小指位な後脚がつつかひ棒のやうに突張つて居た。何となしにすゝきの穂で造つた木菟《みみづく》を想ひ出させるのであつた。

三毛は明かな驚きと不安をあらはして此の新参の仲間を凝視して居た。ちび猫は三毛を自分の親とでも思ひちがへたものか、なつかしさうにちよこ〳〵近寄つて行つて、小さな片方の前脚をあげて三毛に触らうとする。三毛は毒虫にでも触られたかのやうに、驚いて尻込みする。其れを追ひすがつて行つては又片脚を上げる。此の様子が余りに滑稽なので皆の笑ひこけるのに釣り込まれて自分も近頃になく腹の中から笑つてしまつた。

すこし馴れて来ると三毛の方が攻勢をとつて襲撃を始めた。いきなり飛びついて首を羽《は》搔《がい》〆《じ》めにして頭でも脚でも嚙みつき後脚で引つ搔くのである。本当に鷹と小雀とのやうな争であつた。ちびは閉口して逃げ出すかと思ふと中々さうでなかつた。時々小鳥のやうなピーピーといふ泣声を出しながらも負けずに嚙み付き引搔くのである。三毛が放すと同時に向き直つて坐つたまゝ短い尻尾の先で空中に∞の字をかきながら三毛のかゝつて来るのを待受けて居た。どうかするとちびは簞笥《たんす》と襖の間に這入つて行く、三毛は自分ではひれないから気狂のやうになつて前脚をさし込んで騒ぐ。其間に小猫は落ちつき払つて向側へ出て来る。さうして相変らず短い尻尾で、無器用なコンダクターのやうに色々な∞の字を描いて居た。

名前はちびにしようといふ説があつたが、さういふ家畜の名は或るデリカシーから避けた方がいゝといふ説があつてそれは止めになつた。いゝ加減にたまと呼ぶ事にした。雄猫にたまはをかしいといふものもあつたが、それぢや玉吉か玉助にすればいゝといふ事になつた。

二つの猫の性情の著しい相違が日のたつに従つて明になつて来た。三毛が食物に対して極めて寡慾で上品で貴族的であるに対して、たまは紛れもないプレビアンでボルシェビキで身体不相応に烈しい食慾をもつて居た。三毛の見向きもしない魚の骨や頭でもふるひ付くやうにして食つた。そして誰か一寸触りでもすると、背中の毛を逆立てゝ、さうして恐ろしい唸り声を立てた。ウーウーといふ真に物凄いやうな、とても此の小さな子猫の声とは思はれないやうな声を出すのである。そして其処ら中にある食物を出来るだけ多く占有するやうに両の前脚の指を出来るだけ開いてしつかりおさへ付ける。此点では彼はキャピタリストである。押しのけられた三毛は呆れたやうに少し離れて眺めて居た。鯖《さば》の血合《ちあひ》の一片でもやるとそれをくはへるが早いか、誰も触りもしないのに例の唸り声を出しながらすぐに其処を逃げ出さうとするのである。どうしても泥棒猫の性質としか思はれないものをもつて居るやうである。其上に此の猫は所謂下性《げしやう》が悪かつた。毎夜のやうに座布団や夜具の裾を汚すのであつた。其始末をしなければならない台所の人達の間には疾《はや》くにたまに対する排斥の声が高まつた。さうでない人でも物を食ふ時のたまの挙動を浅ましく不愉快に感じないものはなかつた。殊に大人しい三毛が彼の為に食物を奪はれたりするのを見れば尚更であつた。

たまを連れて来た牛乳屋の責任問題も起つて居た。たまは牛乳屋にかへしてもつといゝ猫を貰つて来ようといふ事が凡ての人の希望であるやうであつた。のみならずもう候補者まで見付けて来て私に賛同を求めるのであつた。

併し牛乳屋が正直にもとの家へ還したところで、又誰か新しい飼主の手に渡るにしても結局は野良猫になるより外の運命は考へられないやうな此の猫をみす〳〵出してしまふのも可哀相であつた。下性の悪いのは少し気をつけて習慣をつけてやれば直るだらうと思つた。それで先づボール箱に古いネルの片などを入れて彼の寝床を作つてやつた。それと、土を入れた菓子折とを並べて浴室の板間に置いた。私が寝床に入る前に其処らの蚊帳の裾などに寝て居るたまたまを探して捕へて来て浴室の此の寝床に入れてやつた。何も知らない子猫はやはり猫らしく咽を鳴らすのである。土の香を嗅がせてやると二度に一度は用を便じた。浴室の戸を締切つてスキッチを切つたあとの闇の中に夜明迄の長い時間をどうして居るのか分らないが、ガラス窓が白らむ頃が来ると浴室の戸をバサ〳〵鳴らし、例の小鳥のやうな啼声を出して早く出して貰い度いと訴へるのが聞えた。行つて出してやると急いで飛び出すかと思ふと又もとの処へ走り込んだり、さうして丁度犬の子のするやうに人の足のまはりをかけめぐるのである。十日余りも此のやうな事を繰返した後に、試に例の寝床のボール箱と便器とを持出して三毛の出入する切穴の傍に置いて何遍となく其処へ連れて行つては土の香を嗅がしてやつた。翌朝気をつけて見たが蒲団や畳の汚れた処はどこにも見付からなかつた。多分三毛に導かれて切穴から出る事を覚えたのであらう。其後は明け方に穴から這ひ上るたまの姿を見かける事もあつた。

異常に発達したたまの食慾は幾分か減つて其れ程にがつ〳〵しなくなつて来た。気持の悪い程膨れて居た腹がそんなに目立たなくなつて来ると痩せた腰から後脚が妙に見窄《みすぼ》らしく見えるやうになりはしたが、それでもどうやら当り前の猫らしい恰好をして来るのであつた。そして矢張何処か飼猫らしい鷹揚《おうやう》さと御坊ちやんらしい品のある愛らしさが見え出して来た。

夏休みが過ぎて学校が始まると猫のからだは漸《やう》や く少し暇になつた。午前中は風通しのいゝ中敷《なかじき》などに三毛と玉が四肢を思ふさま踏み延して昼寝をして居るのであつた。片方が眠つて居るのを他の片方がしきりに嘗めてやつて居る事もあつた。夕方が来ると二疋で庭に出て芝生の上でよく相撲を取つたりした。昼間眠られるやうになつてから夜中によく縁側で騒ぎ出した。此れには少し迷惑したが、腹は立たなかつた。台所で陶器の触れ合ふ音がすると思つて行つて見ると戸を締め忘れた茶箪笥の上と下の棚から二疋がとぼけた顔を出してのぞいて居たりした。

鼠は未だつひぞ捕つたのを見た事がないが、もう鼠の悪戯は止んでしまつて、天井は全く静かになつた。

縁の下で生れた野良猫の子の三毛は今でも時々隣の庇に姿を見せる事がある。美しい猫ではあるが気のせゐか何となく険相《けんそう》に見える。臆病なうちの三毛は野良猫を見ると大急ぎで家に駆け込んで来るが、たまの方は全く平気である。いつか野良猫と一緒に遊んで居るのを見たといふ報告さへあつた。「不良少年になるんぢやないよ」などゝと云つて頭をたゝかれて居たが、何の為に叩かれるのか猫には分らないだらう。

我家の猫の歴史は此れからはじまるのである。私は出来るだけ忠実に此れからの猫の生活を記録しておき度いと思つて居る。

月が冴えて風の静かな此頃の秋の夜に、三毛と玉とは縁側の踏台になつて居る木の切株の上に並んで背中を丸くして行儀よく坐つて居る。そしてひつそりと静まりかへつて月光の庭を眺めて居る。それをじつと見て居ると何となしに幽寂といつたやうな感じが胸にしみる。そしてふだんの猫とちがつて、人間の心で測り知られぬ別の世界から来て居るもののやうな気のする事がある。此のやうな心持は恐らく他の家畜に対しては起らないのかも知れない。

（大正十年十一月「思想」）

子猫

此れ迄かつて猫といふもの丶居た事のない私の家庭に、去年の夏はじめ偶然の機会から急に二疋の猫がはいつてきて、それが私の家族の日常生活の上に可也に鮮明な存在の影を映しはじめた。それは単に小さな子供等の愛撫もしくは玩弄の目的物が出来たといふばかりでなく、私自身の内部生活にも何等かのかすかな光のやうなものを投げ込んだやうに思はれた。

此のやうな小動物の性情に既に現はれて居る個性の分化が先づ私を驚かせた。物を云はない獣類と人間との間に起り得る情緒の反応の機微なのに再び驚かされた。さうして何時の間にか此の二疋の猫は私の眼の前に立派に人格化されて、私の家族の一部としての存在を認められるやうになつてしまつた。

二疋といふのは雌の「三毛《みけ》」と雄の「たま」とである。三毛は去年の春生れで、玉の方は二三ヶ月おそく生れた。宅へ貰はれて来た頃はまだほんたうの子猫であつたのが、僅かな月日の間にもう立派な親猫になつてしまつた。いつ迄も子猫であつて欲しいといふ子供等の願望を追ひ越して容赦もなく生長して行つた。

三毛は神経が鋭敏であるだけにどこか気むづかしくてそして我儘で贅沢である。そして凡ての挙動に何処となく典雅の風がある。恐らくあらゆる猫族の特性を最も顕著に具《そな》へた、云はゞ最も猫らしい猫の中の雌猫らしい雌猫であるかも知れない。実際よく鼠を捕つて来た。家の中にはとうから鼠の影は絶えて居るらしいのに、何処からか大小いろ〳〵の鼠をくはへて来た。併し必ずしもそれを喰ふのではなく、其儘に打ちすてゝおいてあるのを、玉が失敬して片をつける事もあるやうだし、又人間の吾々が糸で縛つて交番へ届ける事もあつた。生存に直接緊要な本能の表現が、猫の場合ですらもう既に明白な分化を遂げて、云はゞ一種の「遊戯」に変化して居るのは注意すべき事だと思つたりした。

玉の方は三毛とは反対に神経が遅鈍で、おひとよしであると同時に、挙動が何となく無骨で素樸《そぼく》であつた。どうかすると寧《むし》ろ犬の或る特性を思ひ出させる処があつた。宅へ来た当座は下性《げしやう》が悪くて、喰意地がきたなくて、無闇にがつがつして居たので、女性の家族の間では特に評判がよくなかつた。それで自然に御馳走のいゝ部分は三毛の方に与へられて、残りの質の悪い分け前がいつでも玉に割り当てられるやうになつて居た。併し不思議なもので此の粗野な玉の喰物に対する趣味は何時となしに向上して行つて、同時にあの余りに見苦しい程に強かつた食慾も段々尋常になつて行つた。挙動もいくらかは鷹揚らしい処が出来てきたが、それでも生れついた無骨さはさう容易には消えさうもない。例へば障子の切穴を抜ける時にも、三毛だと身体のどの部分も障子の骨に触る事なしに、するりと音もなく躍り抜けて、向側に下り立つ足音も殆ど聞こえぬ位に柔かであるが、それが玉だと丸で様子がちがふ。腹だか背だか或は後脚だか、何処かしら屹度障子の骨にぶつかつて劇《はげ》しい音を立て、そして足音高く縁側に、下りるといふよりは寧ろ落ちるのである。此の区別は或は一般に雌雄の区別に相当する共通のものであるかどうか私には分らない。併し考へて見ると人間の同じ性のものゝ中でも此れに似た区別が可也に著しい。一寸一つの部屋から隣の部屋へ行く時にも必ず間の唐紙にぶつかり、縁側を歩く時にも勇ましい足音を立てないでは歩かない人と、又気味の悪い程に物音を立てない人とがある事を考へて見ると、三毛と玉との場合にも主な差別は矢張性の相違ばかりではなくて個性の差に帰せらるべきものかも知れない。

今年の春寒の頃になつてから三毛の生活に著しい変化が起つて来た。それ迄殆んどうちをあける事のなかつたのが、毎日のやうに外出をはじめた。従来はよその猫を見ると可笑しい程に恐れて敵意を示して居たのが、どうした事か見知らぬ猫と庭の隅をあるいて居るのを見かける事もあつた。一日或はどうかするとそれ以上も姿を隠す事があつた。始めはもしや猫殺しの手にでもかゝつたのではないかと心配して近所中を尋ねさせたりした事もあつたが、さうして居ると夜明方などにふいと帰つて来た。平生は艶々しい毛色が妙に薄汚なくよごれて、顔も何時となく目立つて痩せて、眼付きが険しくなつて来た。そして食慾も著しく減退した。

うちの三毛が変などろぼう猫と隣の屋根で喧嘩をして居たといふやうな報告を子供の口から聞かされる事もあつた。

私は何となしに恐ろしいやうな気がした。自分では何事も知らない間に、此の可憐な小動物の肉体の内部に、不可抗な「自然」の命令で、避け難い変化が起りつゝあつた。さういふ事とは夢にも知らない彼女は、唯身体に襲ひかゝる不可思議な威力の圧迫に恐れ戦《おのゝ》きながら、春寒の霜の夜に知らぬ軒端をさまよひ歩いて居るのであつた。私は今更のやうに自然の方則の恐ろしさを感じると同時に、その恐ろしさをさへ何の為とも自覚し得ない猫を哀れに思ふのであつた。

その内に又何時となく三毛の生活は以前のやうに平静になつたが、其時にはもう今迄の子猫ではなくて立派に一人前の「母」になつて居た。

いつも出入りする障子の穴が、彼女の為には日毎に狭くなつて行くのであつた。出入りの度毎に其重い腹部を可也に強く障子にぶつつけた。どうかすると無作法な玉よりもはげしい音を立てゝやつとくゞり抜ける事もあつた。人間でさへも、ほんの少しばかりいつもより鍔《つば》の広い麦藁帽を被るともう見当がちがつて、いろ〳〵なものにぶつつかる位であるから、如何に神経の鋭敏な三毛でも日々に進行する身体の変化に適応して運動を調節する事は出来なかつたにちがひない。それは兎に角私はそれが為に胎児や母体に何か悪い影響がありはしないかといふ気がしたが、併し別にどうするでもなく其儘にうつちやつて置いた。

どんな子猫が生れるだらうかといふ事が私の子供等の間に屢〻《しばしば》問題になつて居た。いろ〳〵な勝手な希望も持ち出された。そして銘々の小さな頭にやがて来るべき奇蹟の日を画いてそれを待ち遠しがつて居るのであつた。今度生れたのは全部うちで飼つてほしいといふ願を両親に提出するのもあつた。

或日家族の大部分は博覧会見物に出かけた。私は留守番をして珍らしく静な階下の居室で仕事をして居たが、いつもとはちがつて鳴き立てる三毛の声が耳についた。食物をねだる時や、外から帰つて来る主人を見かけてなくのとは少し様子がちがつて居た。そして何となく不安で落着き得ないといつたやうな風で、私の傍へ来るかと思ふと縁側に出たり、又納戸《なんど》の中に何物かを捜すやうに彷徨《さまよ》つては哀れな悲鳴を立てゝ居た。

かつて経験のない私にも、此の何時にない三毛の挙動の意味は明に直感された。そして困つたものだと思つた。妻は居ないし、うちに居る私の母も年の行かぬ下女もいづれも猫の出産に際してとるべき適当の処置に就いては何等の予備知識も有ち合せなかつたのである。

兎も角も古い柳行李の蓋に古い座布団を入れたのを茶の間の簞笥の影に用意して其中に三毛を坐らせた。併し平生からその坐り所や寝所に対してひどく気むづかしい此の猫は、そのやうな馴れない産室に一刻も落着いて寝ては居なかつた。そして物に憑かれたやうに其処ら中をうろついて居た。

午過《ひるすぎ》に二階へ上つて居たら、階段の下から下女が大きな声を立てゝ猫の異状を訴へて来た。下りて来て見ると、三毛は居間の縁の下で、土ぼこりにまみれた鼠色の団塊を一生懸命で嘗め転がして居た。それは殆んど生きて居るとは思はれない海鼠《なまこ》のやうな団塊であつたが、時々見かけに似合はぬ甲高いうぶ声をあげて鳴いて居た。

三毛は全く途方にくれて居るやうに見えた。赤子の首筋を咬へて庭の方へ行かうとして居るかと思ふと、途中で地上に下ろして又嘗め転がして居る。たうとうその土にまみれた、気味悪くぬれ汚れたものを咬へて私達の居間に持ち込んで来た。そして私の座布団の上へおろして、其上で人間ならば産婆のすべき初生児の操作法を行はうとするのである。私は急いで例の柳行李の蓋を持つて来て母子を其中に安置したが、一寸の間も其処には居てくれないで、すぐに又座敷中を引きずり歩くのであつた。

当惑した私は裏の物置へ其行李を持ち込んで行つて、其処に母子を閉ぢ込めてしまつた。残酷なやうな気もしたが、家中の畳を汚されるのは私には堪へ難い不愉快であつた。

物置の戸を烈しく引搔く音がすると思つて居ると、突然高い無双窓《むさうまど》に三毛の姿が現はれた。子猫を咬へた儘に突立ち上つて窓の隙間から出ようとして狂気のやうに藻搔いて居るさまは本当に物凄いやうであつた。其時の三毛の姿勢と恐ろしい眼付とは今でも忘れる事の出来ないやうに私の頭に焼き付けられた。

急いで戸を開けてやつた。よく見ると、子猫のからだが真黒になつて居るし、三毛の四足も丁度脚絆《きやはん》をはいたやうに黒くなつて居る。

此の間中板塀の土台を塗る為に使つた防腐塗料をバケツに入れたのが物置の窓の下にお

いてあつた。其中に子猫を取落したものと思はれた。頭から油をあびた子猫はもう明《あきらか》に呼吸が止つて居るやうに見えたが、それでもまだかすかに認められるほどの蠢《うごめ》きを示して居た。

むごたらしい人間の私は、三毛が此の防腐剤にまみれた脚と子猫で家中の畳を汚しある く事に何よりも当惑したので、すぐに三毛を抱へて風呂場に這入つて石鹸で洗滌を始めたが、此の粘ば粘ばした油が密生した毛の中に滲透したのは中々容易にはとれさうもなかつた。

そのうちにもう生命の影も認められないやうになつた子猫はすぐに裏庭の桃の樹の下に埋めた。埋めてしまつた後に、もしや未だ活きて居たのではなかつたかといふ不安な心持がして来て非常にいやな気がした。併しもう一度それを掘りかへして見るだけの勇気はどうしてもなかつた。黒い油にまみれたあのおぞましい団塊に再び生命が復《かへ》つて来ようとも思はれなかつた。

其内に一同が帰宅して留守中に起つた非常な事件に関する私からの報告を聞いて居るうちに、三毛は又第二第三の分娩を始めた。私はもう凡ての始末を妻に託して二階にあがつた。机の前に坐つてやつと落着いて見ると、唯さへ病に弱つて居る自分の神経が異常な興奮の為にひどく疲れて居るのに気が付いた。

あとから生れた三疋の子猫はみんな間もなく死んでしまつた。物置に入れられてからの三毛の烈しい肉体と精神の劇動が此の死産の原因になつたのではないかと疑つて見た。此の疑はいつまでも私の心の奥の方に小さな創痕《きずあと》のやうになつて残つて居る。桃の樹の下に三疋の同胞と共に眠つて居るあの子猫に関する一種の不安も恐らくいつ迄も私の良心に軽い刺戟となつて残るだらう。

産後の経過が尋常でなかつた。三毛は全く食慾を失つて、物憂げに眼をしよぼしよぼさせながら一日背を丸くして坐つて居た。触つて見るとからだ中の筋肉が細かく戦《おのの》いて居るのが感ぜられた。此れは打捨てゝおいては危険だと思はれたので、すぐに近所の家畜病院へ連れて行かせた。胎児が未だ残つて居るらしいから手術をして、そしてしばらく入院させた方がいゝと云ふ事であつた。

十日ばかりの入院中を毎日のやうに代る〳〵子供等が見舞に行つた。それが帰つて来ると、三毛の様子がどういふ風であつたかを聞いて見るが、いつも要領を得る事は出来なかつた。余り頻繁に見に来ると猫の神経を刺戟して病気にさはると云つて医師から警告を受けて帰つたものもあつた。

物を云はない家畜を預かつて治療を施す医者の職業は考へて見ると余程神聖なものゝやうな気がした。入院中に受けた待遇について何等の判断も記憶も有ち得ないし、又帰宅しても人間に何事も話す事の出来ないやうな患者に忠実親切な治療を施すといふ事が当り前ではあるが何となく美しい事のやうに思はれた。

退院後もしばらく薬を貰つて居た。其散薬の包袋が人間のと全く同じであるが、名前の処には吉村氏愛猫として其下に活字で「号」の字があつた。恐らく「三毛号」とする処を略したのだらう。兎に角それからしばらくは愛猫号といふ三毛の渾名《あだな》が子供等の間に流行して居た。

或日学校から帰つた子供が見馴れぬ子猫を抱いて来た。宅の門前に誰かゞ捨てゝ行つたものらしい。白に黒斑のある、そして尻尾の長い種類のものであつた。縁側を歩かせるとまだ脚が不たしかで、羽二重《はぶたへ》のやうに滑かな蹠《あしのうら》は力なく板の上をずるずる辷つた。三毛を連れて来てつき合せると三毛の方が非常に驚き怖れて背筋の毛を逆立てた。併しそれから数時間の後に行つて見ると、誰かゞ押入の中のオルガンの腰掛を横にして作つてやつた穴ぼこの中に三毛が横に長くねそべつて、其乳房に此の子猫が喰ひ付いて居た。子猫はポロ〳〵とかすかに咽喉を鳴らし、三毛はクルー〳〵と今迄つひぞ聞いた事のない声を出して子猫の頭と云はず背と云はず嘗め廻して居た。一度目覚めんとして中止されて居た母性が、此の知らぬ他所《よそ》の子猫によつて一時に呼び醒まされたものと思はれた。私は子を失つた親の為に、又親を失つた子の為に何がなしに胸の柔ぐやうな満足の感じを禁じる事が出来なかつた。

三毛の頭には此の親なし子のちびと自分の産んだ子との区別などは分らう筈はなかつた。そして唯本能の命ずるがまゝに、全く自分の満足の為にのみ、此の養児をはぐくんで居たに相違ない。併し吾々人間の眼で見てはどうしてもさうは思ひかねた。熱い愛情にむせんでゞも居るやうな声でクルー〳〵と鳴きながら子猫をなめて居るのを見て居ると、つい引き込まれるやうに柔かな情緒の雰囲気につゝまれる。そして人間の場合と此の動物の場合との区別に関する学説などが凡て馬鹿らしいどうでもいゝ事のやうに思はれてならなかつた。

どうかすると私は此のちびが、死んだ三毛の実子のうちの一つであるやうな幻覚に捉へられる事があつた。人間の科学に照らせばそれは明白に不可能な事であるが、併し猫の精神の世界ではたしかに此れは死児の再生と云つても間違ではない。人間の精神の世界がn元《デメンジョン》のものとすれば、「記憶」といふものゝ欠けて居る猫の世界は（n-1）元《デメンジョン》のものと見られない事もない。

ちびは大きくなるにつれて可愛くなつて行つた。彼は三毛にも玉にもない長い尻尾をもつて居ると同時に、又三毛にも玉にもない性情の或る一面を具へて居た。例へば三毛が昔気質《かたぎ》の若い母親で、玉が田舎出の書生だとすれば、ちびには都会の山の手の坊ちやんのやうな処があつた。何処か才はじけたやうな、併しそれが為の嫌味のない愛くるしさがあつた。

小さな背を立てゝ、長い尻尾をへの字に曲げて、よく養母の三毛に喧嘩を挑んだが、三毛の方では母親らしくいゝ加減にあやして居た。あまりうるさくなると相手になつて可也手荒く子猫の頸《くび》を〆め付けて転がしておいて逃出す事もあつた。併しそんな場合に口汚く罵しらないだけでも人間の母親の或階級のものよりは遥に感じがよかつた。又子猫の方でもどんなにひどくされてもいぢけたり、すねたりしない点が吾々の子供よりずつと立派なやうに思はれた。

もう一人立ちができるやうになつて、ちびは親戚の内へ貰はれて行つた。迎ひの爺やが連れに来た時に、子供等は子猫を三毛の傍へ連れて行つて、別れでも惜しませるつもりで口々に何か云つて居たが、此ればかりは何の事とも理解されよう筈はなかつた。ちびが永久に去つた後に三毛は此の世界に何事も起らなかつたかのやうに縁側の柱の下にしやがんで気持よさゝうに眼をしよぼ／＼させて居た。それが罪業の深い吾々人間には妙に淋しいものに見えるのであつた。それから一両日の間は時々子猫を捜すかと思はれるやうな挙動を見せた事もあつたが、それも唯それ切りで、やがて私の家の猫には長閑《のどか》な平和の日が帰つて来た。それと同時に、殆ど忘れられかゝつて居た玉の存在が明になつて来た。

子猫に対して玉は「伯父さん」といふ渾名をつけられて居た。そして甚だ冷淡でそつけない伯父さんとして、いつもながら不利な批評の焦点になつて居たが、もうそれも過去になつて、彼も亦もとの大きな子猫になつてしまつた。子猫に対して見ると如何にも分別のある母親らしく見えて居た三毛ですらも、矢張さうであつた。一番小さい私の子供に引抱へられて逃げようとして藻掻きながら鳴いて居る処を見たりすると、猶更《なおさら》さういふヂスイリュージョンを感じるのであつた。

夏の末頃になつて三毛は二度目の産をした。今度も偶然な吻合《コインシデンス》で、丁度妻が子供を連れて出掛けるところであつたが、三毛の様子がどうも変であつたから少し外出を見合はして看護させた。納戸の隅の薄暗い処へいつかの行李を置いて其中に寝かせ、そしてそろ／＼腹を撫でゝやると烈しく咽喉を鳴らして喜んださうである、そして間もなく安々と四疋の子猫を分娩した。

人間のこしらへてやつた寝床ではどうしても安心が出来ないと見えて、母猫は何時の間にか納戸の高い棚の奥に四疋をくはへ込んだ。子供等はいくら止めても聞かないで、高い踏台を持出してそれを覗きに行くのであつた。私は何とはなしにチェホフの小品にある子猫と子供の話を思ひ浮べて、あまりきびしくそれを咎める気にもなれなかつた。

子猫の眼のあきかゝる頃になつてから、時々棚の上からおろして畳の上を這ひ廻らせた。さういふ時は家内中のものが寄り集つて此の大きな奇蹟を環視した。其やうな事を繰返す日毎日毎に、覚束ない脚のはこびが確になつて行くのが眼に立つて見えた。単純な感覚の集合から経験と知識が構成されて行く道筋は恐らく人間の赤子の場合と似たものではあるまいかと思はれた。そして其進歩が人間に比べて驚くべく急速である事も拒み難い。此のやうに知能の漸近線《アシンプトート》の近い動物の方が、それの遠い人間に比べてそれに近づく速度の早いといふ事実は可也注意すべき事だと思つたりした。物質に関する科学の領域には此れに似た例は稀であらう。

二疋の子猫は大体三毛に似た毛色をして居た。一つを「太郎」もう一つを「次郎」と呼んで居た。あとの二疋は玉のやうな赤黄色いのと、灰色と茶の縞のやうな斑のあるのとで、前のを「あか」後のを「おさる」と名づけて居た、おさるは顔にある縞が所謂何処か猿ぐまに似て居たから誰かゞさう名づけたのである。さうして背中の斑が虎のやうだから「鵺《ぬえ》」だといふものもあつた。此の鵺だけが雌で、他の三疋はいづれも男性であつた。

　生長するにつれて四疋の個性の相違が目について来た。太郎はおつとりして愛嬌があつて、それでやつぱり男らしかつた。次郎もやはり坊ちやんらしい点は太郎に似て居たが、何となく少し無骨で鈍な処があつた。赤は顔付からして神経的な狐のやうなところがあつたが、実際臆病か或は用心深くて、子供らしい処が少なかつた。おさるは雌だけに何処か雌らしい処があつて、つかまりでもするとけたゝましい悲鳴をあげて人を驚かした。

　玉をつれて来て子猫の群へ入れると、赤と次郎はひどくおびえて背を丸く立てゝ固くしやちこばつたが、太郎とおさるはぢきに馴れて平気で居た。玉の方は相変らず極めて冷淡な伯父さんで、面倒臭がつてすぐに何処かへ逃げて行つてしまつた。

　四疋の子猫に対する四人の子供の感情にも矢張色々の差別があつた。此れはどうする事も出来ない自然の理法であらう。愛憎はよくないと云つて愛憎のない世界がもしあつたらそれはどんなに淋しいものかも分らない。

　子猫はそれ〲貰はれて行つた。太郎は或るデパートメントストアーへ出て居るといふ夫婦暮しの家へ、次郎は少し遠方の或るおやしきへ、赤は独住《ひとりずみ》の御隠居さんの処へ、最後におさるは近い電車通の氷屋へそれ〴〵片付いて行つた。私は記念にと思つて其前に四疋の寝て居る姿を油絵具でスケッチして置いたのが、今も書斎の棚の上にかゝつて居る。拙い絵ではあるが、それを見る度に私は何かしら心が柔らぐやうに思ふ。

太郎の行つた家には多少の縁故があるので、幼い子供等は時々様子を見に行つた。おさるの片付いた氷屋も便宜がいゝので通りがゝりに見に行くさうである。秋になつて其氷屋は芋屋に変つた。店先の框の日向に香箱を作つて居眠りして居る姿を私も時々見かける。前を通る度には、つい店の中をのぞき込み度いやうな気がするのを自分でも可笑しいと思ふ。

今でも時々家内で子猫の噂が出る。そして猫にも免れ難い運命の順逆がいつでも問題になつた。此の間近所の泥溝《どぶ》に死んで居た哀れな野良猫の子も引合ひに出て、同じ運命から拾上げられて三毛に養はれ豊かな家に貰はれて行つたあのちびが一番の幸福だといふものもあれば、御隠居さんばかりの家に行つた赤が一番楽でいゝだらうといふものもあつた。妻は特に可愛がつて居た太郎がわりに好運でなかつた事を残念がつて居るらしかつたが、私はどういふものか芋屋の店先に眠つて居るおさるの運命の行末に心を引かれた。

或夜夜更けての帰り途に芋屋の角迄来ると、路地の塵芥箱の側をそろ〳〵歩いて居るおさるの姿を見かけた。近づいて頭を撫でゝやると逃げようともしないで大人しく撫でられて居た。背中が何となく骨立つて居て、余り光沢のないらしい毛の手触りも哀れであつた。娘を片付けて後の或る場合の「父」の心を想ひながら私は月の朧《おぼろ》な路地を抜けて程近い我家へ急いで行つた。

私は猫に対して感ずるやうな純粋な温かい愛情を人間に対して懐く事の出来ないのを残念に思ふ。さういふ事が可能になる為には私は人間より一段高い存在になる必要があるかも知れない。それはとても出来さうもないし、仮りにそれが出来たとした時に私は恐らく超人の孤独と悲哀を感じなければなるまい。凡人の私は矢張子猫でも可愛がつて、そして人間は人間として尊敬し親しみ恐れ憚《はばか》り或は憎むより外はないかも知れない。

（大正十二年一月「女性」）

どら猫観察記　猫の島

柳田國男

どら猫観察記

一

瑞西《スイス》に住む友人の家では、或日語学の教師の老婦人が、変な泣顔をして遣《や》つて来たさうである。市の畜犬税が三割とか、引上げられるといふ際であつた。私たちの生活では、とても今度のやうな税は払ふことが出来ません。是迄は無理をして育てゝ居たけれども、もう仕方が無いから今朝役所へ連れて行きましたと謂つて、又大いに涙をこぼしたさうである。

役所といふのは犬殺し局のことであつた。税を払はぬ犬は東京などゝは違つて、一匹だつて存在し得る余地が無いのである。仮に殺さぬことにしたならば街頭に沢山、餓死した犬を見掛けねばならぬ。野ら犬といふ言葉がもう一寸説明の六《む》つかしい迄に、犬の文明も進んで居るのであるが、それにしてはジュネェブなどには、町で見かける犬の数が多かつた。

　一人者が犬を飼つて居る例が多い。犬と話をして居る老人などをよく見ることがあつた。五階三階の窓から顔を出して、吠えもせずに通行人を眺めて居る犬を、幾らも見るやうな社会であつた。雨の晴間などに大急ぎで、犬の為に散歩をして遣るといふ実状である。たま〳〵一人で外出した時などは、まご〳〵として入口で待つて居るのが、殊にふびんに思はれると謂つて居る。旅行や病気の際には、飼犬を預けて置く下宿屋のやうなものもあるが、物入りでもあり且つ心もと無いから、成るだけ旅はせぬやうにして居る。

　そんなら猫はどうあるかと気をつけて見ると、先づ第一に畜猫税は無い。それだのに人に飼はれて居る数が、著しく犬よりも少ないやうに思はれた。日本では既に認められる如く、犬は人の家来であるが、猫の方は本当の家畜である。住宅の附属物である。鍵をかけて出入をするやうになれば、猫だけを残して家を空けることは困難である。さうして鼠を駆除するには他にも方法が新たに備はつた。一般に人間は猫を疎遠にする傾向を示して居る。

　女三《によさん》の宮《みや》や命婦《みやうぶ》のおもとの有名な逸話は、程なく解し難い昔語りになつて行くかも知れぬ。我々の国でも猫を可愛がり過ぎると、鼠を捕らぬやうになるからと称して、あはびの殻の日を重ねて空虚であることを、念頭に置かぬやうな主人も多くなつた。市中には鳶や鳥の来訪が絶無となり、轢《ひ》き潰《つぶ》された鼠の久しく横たはつて居るのを見ても、猫の食物の自由にして又豊富なることは想像せられる。猫は我々の愛護なくして、幾らでも生存し得るのである。人と猫との間柄の次第に暌離《けいり》して行くのは自然である。

二

ヴェネチヤの水の都で、ダニエリの旅館に久しく遊んで居た頃、番頭がどこかのおばあさんに話して居るのを聴くと、此宿の地下室はどら猫の多く居るので有名ださうである。妙な事を看板にしたもので、ホテルで呉《く》れる小冊子にも、此事が興味多く記してある。御希望ならば御案内をしますとも書いて居る。ヴェネチヤの穴倉ならば、大抵どの位湿気《しけ》て居るかも想像し得られるが、その暗い処に何十代以来とも知らず、野獣の如き猫が棲息して、其数幾何《いくばく》なるかも分らぬといふ。しかも給仕人の話に依れば、毎日一定の食物を口元の処に置いて遣るのださうで、丸々の野ら猫でも無いが、兎に角にもう家畜のうちでは無い。

私は此話を聴いたとき、日本の客商売の家に、招き猫と称して座蒲団の上などに、猫の土偶を置く風習を考へ出してをかしかつた。物々しいダニエリの広告ぶりは、いつ頃から始まつたか知らぬが、古くあるホテルの穴倉の中に、猫の居ないものが果して幾らあらうか。食物ばかりは其辺に散らばつて、誰も可愛がつて呉れる者が無ければ、結局は地下室にでも入つて匿《かく》れて繁殖をするより他は無い。主人を恨み世をはかなんで、山林に遁世しようといふ祇王祇女の如き猫が、有らう道理は無いからである。

冬も暖かな羅馬《ローマ》の古都などは、風来人の自然の隠れ家であるのみならず、同時に又宿無し猫の楽土でもあつた。此事はもう誰かの紀行に書いてあるかも知れぬが、フォラムを始めとして市に接した大小の廃址は、悉《ことごと》く彼等の領分であつて、倒れ横たはる聖火神殿の石柱の上にも、新たに掘り出された旧王の塚穴の中にも、いつ往つても人を見て跳り逃げる彼等の姿を、見ない日は無いのである。カピトルの岡の北の麓《ふもと》、今の朝家《てうけ》の第一世帝の記念塔の傍に、壮大な残骸を留めたトラジャン館址の如きは、周囲が高い石壁で攀《よ》ぢ降《お》ることが難い為に、数十の野ら猫が常に悠々として遊んで居る。蛙とか蜥蜴《とかげ》とかいふものを食料として居るのだらう。何《いず》れも人間からは独立して、自在に新たなる社会を作りつゝあるやうに見える。行く〳〵此種族の共同生活が、伊太利《イタリア》の特殊の環境に促されて、如何様《いかやう》に展開して行くものであらうか。後年或はこの問題の興味の為のみに、所謂久遠《くをん》の都府を訪ひ来る者が無いとは言はれぬ。

三

猫と人間との最初の交渉、はたこの動物の分布の経路等に関しては、今尚闡明《せんめい》せられざる歴史の隈が多い。それにも拘らず再び彼等の眼から見れば、奈何《いかん》ともする能はざる偶然の原因に基づいて、その文化が激変をしようとして居る。しかも其原因が許多《あまた》の海山を隔てゝ、世界到る処この種族のすべての者に、共通であるといふことは考へさせられる。

東京に帰つて見ると自分の家などにも、やはり依然として昔ながらの野ら猫の一家庭が、自分の家庭と併存して続いて居た。白勝ちの赤毛の斑《ぶち》で、顔の至つて平めなのが特徴であつたが、今以てぶちの在り処まで略《ほゞ》同じ猫が、次から次へと代を重ねて居る。宅の大きい娘が生れるよりも更に以前から、多分はこの邸内より外へ移住したことが無からう。始めてこの縁《えん》の下に来て住むやうになつた初代の牝猫にも、幽かな見覚えがある。何かの心得違ひで元の飼主から、分れて来た者に相違なかつた。それが年増しに気が荒くなつて、横《わう》着《ちやく》な面をして見向きもせずに、庭前を過ぎ去るやうになつた。其癖《そのくせ》我々が見て居る限り、寸分も油断をして居るのでは無かつた。さうして食物の安全なる求め方に付いては、飼猫に数倍する技術をもつて居る。

春になるとこの牝猫が、うかれ出て大いに鳴いた。それから暫くすると何処とも知れず、子猫の小さな鳴き声が聴え、人を避ける母猫の目が一段と険悪に見えた。二匹三匹の愛くるしい小猫が、そちこちに姿を見せる間が何箇月かあつた。何れもよく似た赤斑ばかりである。気をつけて見ると其中にも、無暗に人を怖れておど〳〵して居るのと、比較的鷹揚《おうやう》で立留つて人を見たり、遠くでならばうづくまつて見たり、声を掛けるとニャアと謂つたりするのもあつた。宅の両親が非凡な猫嫌ひで無かつたなら、徐々に懐柔して再び家の飼猫に、引上げ得る見込の確かにあるのも居た。

それ等が悉くすぐに大きくなつて、手の付けられぬ泥棒猫になつてしまひ、さうして又次の子を育てるのである。余り毛色がよく似て居る為に、世代を算《かぞ》へて置くことは不可能であつたが、どう考へてももう十何世の後裔になつて居る。それが不思議なことにはさして老猫の数が増しもせず、又どうして終りを取るかも知ることが出来ぬ。併し子猫は勿論のこと、成長したのでも一見して凡そ年齢は知れるが、いつも若い猫ばかり多いのは、多分は家に飼はれるものよりも、寿命が遥かに短いからであらう。

それで居て主人が無い為に、非常に呑気で且つ閑《ひま》が多さうに見えた。硝子戸《がらすど》の中から見て居ると、一日に何度といふ数も知れず庭前を往来する。僅かな樹の枝や草の葉に近よつて、独りでじやれて見たりして居る。人が居ないと昼寝は縁に上つてするのみならず、時々はそろりと座敷にも入つて来る。此方から声をかけるとすぐ隠れる癖に、雨の降る日などはやはり淋しいものか、何度でもやつて来て唐紙があいて居れば中を覗き、人を見るときつと鳴くのは、虎属の獣のやうでも無かつた。

又一匹だけ大きくなつて迄、妙に気の善い馴々しいのが居た。家の子供がタマと名を附けて食物を与へ、庭に出ると来て抱かれる程に親しんで居た。是だけは或は別系統のまぐれ者かとも思つて見たが、毛色の赤斑がよく似て居た処を見ると、やはり遺伝に色々の変化があつただけで、この一門のうちには相違なかつた。さうしてそれも後には亦疎遠になり、他の同類と区別がしにくゝなつた。

四

猫が人間から離反しようとする傾向は、実は夙《はや》くより見えて居たのであつた。大体に於て両者を結合する縁の糸は、牛馬鶏犬の如く強靱なものではなかつた。人の方でもあの眼に油断せず、十分に心を許さなかつたのである。メエテルリンクの『青い鳥』にもあるやうに、何かと言へば恨み憤り、復讐でも考へて居るのでは無いかと、疑つてよいやうな挙動さへあつた。しかも利己一遍の人類に向つて、彼等の奉仕といへば鼠狩より他は無かつたが、それすらも頼めば却つて怠るかの如き様子が見えた。

第一に猫の終りといふものが、いつの場合にも我々の知解の外に在つた。犬には無いことだが猫を置くときだけは、最初から年限を言ひ渡してやるがよいと謂つた。さうすれば時満ちて何処へか往つてしまふのである。そんな風だから老猫は化けると伝へ、又阿蘇《あそ》の猫岳の如く、深山に彼等の集合地があるものと信ずる人もあつた。祖母から曾《かつ》て聴いた話に、信州で或人が久しく煩《わずら》つて居ると、始終病床の周りに猫が来て離れない。実にいやな猫だ。気味の悪い猫だ。早くよくなつたら棄てゝしまはうと、口癖のやうに謂つて居た。それがいよ〳〵全快して其猫を風呂敷に包み、是から棄てゝ来ると家を出て行つたが、それつきり当人もたうとう還つて来なかつたといふ。

猫が物を言つたといふ話も多い。是も祖母から聴いたのだが、同じ山国で春に入ると、門の通りをゴマメ売りが触れてあるく。或日静かにして居ると障子の外で、ゴマメ〳〵と謂ふ声がするが、商人の表を呼ぶ声よりも小さく又低いので、不思議に思つて障子をあけて見ると、街道は森閑《しんかん》として只縁側に猫がゐるだけであつた。多分ゴマメ売りが来る毎にゴマメを貰ふので、其声を覚えて居て真似て見たのであらうといふ。

新著聞集の中にも幾つか猫の人語した話を載せて居る。鼠を追掛けて居て梁《はり》を踏みはづし、畳の上に落ちたときに、南無三宝《なむさんぼう》と謂つたといふのは、古風なる猫言葉であつた。又和尚《をしやう》が風邪を引いて寝て居ると、夜更に次の間に来て声を掛ける者がある。すると蒲団の裾の方に居た猫が、そつと起き出して外に行き、今夜は方丈様が病気だから、一緒に出かけることはむつかしいとさゝやいた。之を寝たふりして聴いて居た住持が、翌朝静かに其猫に向つて、私には構はずに行きたい処へは行くがよいと言ふと、ふいと出て往つた儘それきり帰つて来なかつた。

或は時々手拭が紛失するので気をつけて居ると、猫がそつと口にくはへて出て行くのを見た。驚いて大声を出したら、それきり飛出して戻つて来なかつたとも謂ふ。猫をして言はしむれば、踊る位なら人間の真似をして、手拭なんか被るものかと云ふだらう。しかも勝手に捕へて来て家畜の中に加へて置きながら、いや尻尾がやがて二つに裂けるだらうの、尻尾の長いのは怪しいのと、常に隔意を以て彼等を遇する故に、結局離背してしかも遠くへは立退かず、人間の周囲に止まつて小さい脅威を与へることは、昔駆役せられた奴隷が成長して、次第に白人社会の難問題を為す北米の話と、幾分か事情が似て居る。

五

我々の中には又三毛猫の雄猫といふ問題がある。単に稀有なる故に珍重するといふ以外、いつの世から言ひ始めたことだらうか、海上風波の場合に之を龍神に捧げると難破の厄を免かるべしと称して、高金を払つても船頭が之を求めた。猫を犠牲に供した昔話の例は、他民族にも折々聞くことであるが、それがもし最初山奥から、此動物を連れて来た動機であつたら、化けるも不思議に非ず、背《そむ》くも亦自然である。つまりは人間と猫との取引はもう結了して、今は只古来の行懸《ゆきがか》りだけが、若干の未解決を残存せしめて居るのである。

尻尾の無い猫といふことは、是も日本の文化史に於て、相応に重要なる一史蹟であるかと思ふ。それが猿などの如く天然にさうあるのか、はた又当節のハクニーや或類の狗《いぬ》の如く、人の趣味から所謂改良をしたものか、動物学者の説を確めねばならぬが、自分などは先づ後の方だと思ふ。人為の性質でも代を重ねるうちに、固定し遺伝する旁例は人類が最も多く持つて居る。耳たぶに穴のある人は我々の中にも多い。日本人が耳環を中止してから、少なくとも千年は経て居るのに其痕跡だけは伝はつたのである。外国人の珍らしがる話としては、日本の猫には尾が無いといふことだ。有つても無くてもよいといふ譬《たとへ》に、猫の尻尾の諺《ことわざ》があると聴いて、舌を巻かなかつた白人は稀なのである。それを聴いて又我々は愕然とする。大いに考へて見るべき問題では無からうか。

私の長話も実はこの猫の尻尾だ。有つても無くてもよい様にもあるし、又有る方が当然のやうでもある。我々の先祖とても人間である以上は、趣意の無いことはせず又言はぬ筈である。而《しか》うして猫を斯《そ》ういふ尾無しの三毛猫などにしてから、再び荒野《あらの》に放つに至つた本意や如何。果して誤解も手前勝手も無く、且つ先見の明を以て猫の幸福まで考へて居たのかどうか。忙しい紳士たちは、恐らく永久に此問題には無識であらう。

『太陽』の記者の濱田徳太郎君は、自分の知る限りに於て第一流の猫学者である。同君研究の発足点は、猫自身の心理からであるといふが、果して今猫の国の文化の未来に就て、楽悲何れの観想を抱いて居られるか。此序《ついで》を以て教を請ひたいものである。差当り自分の疑問として居る点はもう述べ尽したと思ふが、最後に尚一つ附添へたいのは、日本の各地方の方言の不可解なる変化と一致とである。猫をヨモといふ県があり狐をヨモといふ県がある。鼠を「嫁が君」といふのも、或はヨモの転訛かも知れぬ。雀をヨム鳥といふ処もある。南の方の島々、殊に沖縄に於てはヨーモと謂へば猿である。言葉の感じは何れも霊物又は魔物といふに在るらしいが確かで無い。さうして琉球にはもうそのヨーモ猿は居ないのである。

（大正十五年）

猫の島

一

陸前田代島《たしろじま》の猫の話は、あれからもまだ幾つか聴いたが、もう「窓一ぱいの猫の顔」といふやうな、奇抜な新鮮味のある空想には出くはすことができなかつた。たとへば村長さんが祝宴の帰りに、夜どほし島の中をあるきまはつて、すつかり土産の折詰を食べられてしまつたとか、又は渡し舟に立派な身なりの旅人が乗つて来て、後で舟賃をしらべたら木の葉であつたとかいふ類の風説は、型が前からあつてどうやら他所の話の借物とも見られる。さうして島人も真顔に合槌《あひづち》を打つ者が無くなりかけて居るのである。

そんな中でたゞ一つ、是は古くから謂はれたことらしいが、田代は猫の島だから犬を入れない。犬を連れて渡ると祟《たゝ》りがあるといふのが、私などには注意せずには居られぬ。最近の島の話では、猫は害あるもの、少なくとも島の不安の種であつて、たま〳〵見たといへば怖ろしいと感ずる人ばかりが多い。寧ろ盛んに猛犬を放つて、警邏《けいら》させたらよからうと思ふやうな状態に在るのである。そこに此様な俗信がまだ残つて居るとすれば、猫に対する考へ方の以前は又別であつたことを、推測せしめることは言ふに及ばず、もしも到底有り得ない事だと決するやうであつたら、どうして又色々の猫の怪談《くわいだん》が、特にこの島にのみ信じられることになつたかの原因を、逆に尋ねて行く手掛りにならうも知れぬのである。

犬を上陸させてはならぬといふ戒めは、又伊豆の式根島《しきねじま》にもあつたと聞いて居る。此島はたしか今から四五十年前までは、全くの無人島であつた。僅かな畠地があつて隣の島から、時々耕作や木草を苅りに渡るだけだつたといふのに、やはり猫が住んで居る為に犬の行くことを忌むのだと説明して居た。人家が無いのに猫の居るのも怪《をか》しく、それに遠慮をして犬を連れ込まぬといふのはなほ更合点が行かない。是などは或は犬をきらふといふ方が元で、其理由を知る者が少なくなつた結果、新たに斯んな単純な想像が生れたのかとも考へられる。

犬を連れて渡つてはならぬといふ島は、尋ねたらまだ他にもあらうと思ふ。一つの例は譚海《たんかい》の巻六に、安芸《あき》の厳島《いつくしま》の別島に黒髪といふ所あり、そのかみ明神のましませし所にて、今に社頭鳥居など残りてあり。此島に犬無し。犬の吠ゆる声を憎ませたまふ故といへりとある。それはたゞ一つの噂といふまでゞ、現実には之を試みる折も無かつたのであらう。藝藩通志などには何の記述もないが、大小二つの黒神といふ島の名は挙げて居る。大黒神島は周《まは》りが二里十六町あつて能美島の西岸に近く、是にはあの頃既に人家が二軒あつた。小黒神はずつと小さくて周り二十八町、沖のと中に在つて居民無しとあるから、問題になつたのは多分この方であらう。今でも果して犬を忌むといふ伝へが残つて居るかどうか。何とかして実地に当つて見たいものと思つて居る。

まだ十分な根拠があるとは言はれぬが、自分の推測では犬を寄せ付けなかつた最初の理由は、島を葬地とする慣習があつたからだらうと思ふ。以前の葬法は柩を地上に置いて、亡骸《なきがら》の自然に消えて行くのを待つたものらしく、従つて獣類の之に近よることを防いだ形跡は、色々と今も残つて居る。物忌の厳重な宮島のやうな土地で無くとも、海上に頃合の離れ小島があれば、それをはいゝ、ふりの場処としたのは自然であつて、又現に其実例は幾つかある。たゞ多くの都邑《といふ》に在つてはそれが望めない故に、人が喪屋の守りに堪へず、又感覚のやさしくなるにつれて、土葬火葬の新方式が、次々に考案せられたのである。犬を特に忌み嫌つた理由は、必ずしも其害が狼狐より大きかつた為で無く、寧ろ犬が平気で人里に往来するからであつたことは、所謂五体不具の穢《けが》れといふ記事が、頻々として中世の記録に見えて居るのでもわかるのだが、そんな陰気な話はもう忘れた方がよいのだから、是以上に詳しくは説いて見ようと思はない。

二

とにかく犬を牽《ひ》いて渡つてはならぬといふ戒《いまし》めの方が前にあつて、其理由がやゝ不明になつて後に、犬を敵とするものが島には居る、それは猫だといふ説が起り、其猫には又違反を罰するだけの、畏《おそ》るべき威力があるやうに考へたのが、乃《すなわ》ち田代の島の前史でもあつたかと思ふ。島を開きに後から入つて来る人々は、勿論こゝをトオテンインゼル（はふりの島）とする風習の、曾てはあつたといふことをさへ知らぬ者が多からうが、中には奄《あま》美《み》群島の小さな島々のやうに、一方の側面には平和なる村が起り、他の一側の断崖の下へは、互ひに人知れずはふりを送つて居た例もあるのである。犬を入れては悪いといふ俗信は、寧ろ来歴を説明し難くなつて後に、却つて其神秘性を全島に拡げることになつたのかも知れない。

犬と猫との仲の悪いことは、日本では殊に評判が高く、枕草紙にも既にその一つの記録があるが、そればかりでは犬を憎むといふ島が、忽ち猫の島に変ずる理由にはなり兼ねるやうに疑ふ人も或は無いとは言はれぬ。しかし人を其様な空想に導く事情は、私たちから見ればまだ此以外にもあつたのである。多くの家畜の中では猫ばかり、毎々主人に背いて自分等の社会を作つて住むといふことが、第一には昔話の昔からの話題であつた。九州では阿蘇郡の猫岳を始とし、東北は南部鹿角《かづの》郡の猫山の話まで、いゝぐあひに散布して全国に行はれて居るのは、旅人が道に迷うて猫の国に入り込み、怖ろしい目に遭うて還つて来たといふ奇譚であつた。猫岳では猫が人間の女のやうな姿をして、多勢聚《あつま》つて大きな屋敷に住み、あべこべに人を風呂の中に入れて猫にする。気づいて遁《に》げて出る所を後から追ひかけて、桶の湯をざぶりとかけたらそこだけに猫の毛が生えたといふ話もあつて、支那で有名な板橋の三娘子、又は今昔物語の四国辺地を通る僧、知らぬ所に行きて馬に打成さるゝ話、さては泉鏡花の高野《かうや》聖《ひじり》の如き、我々がよくいふ旅人馬の昔話を、改造したものとも考へられぬことは無いが、それには見られない特徴も亦有るのである。

中国方面で折々採集せられる例では、この猫の国の沢山の女たちの中に、一人だけ片眼の潰《つぶ》れた女が居た。それが夜中にそつと入つて来て、私は以前御宅に居たトラといふ猫です。爰《こゝ》に居ると命があぶないから、早くお遁げなさいと教へてくれる。成るほど思ひ出すと其猫を折檻《せつかん》して、左の眼を傷つけたらそれつきり居なくなつた。それが斯うして子飼ひの恩を返したのだといふのもあれば、或は無慈悲な婆が爺の優遇せられて来たのを羨んで、のこ〳〵尋ねて行つて食はれてしまつたといふ、舌切雀《したきりすゞめ》式な話し方もある。何れにしても是に専属して居る趣向といふものが無いのを見ると、起源はたゞさういふ伝説の破片に、強ひて昔話の衣裳を着けさせて、其不思議を珍重したものとしか思はれない。つまりは猫が必ずしも人類の節度に服せず、ともすれば逸脱して独自の社会を作らうとするものだといふことを、稍《やゝ》アニミスチックに解釈して居た名残とも認められるのである。

猫の尻尾といふことは興味ある一つのテエマであるが、之を論述するのはまだ私の資料は整はない。とにかくに日本だけでは、尻尾の完全なる猫は化けるといふ人がある。或はたゞ単に猫は一貫目より大きくなると、油断がならぬといふ話もあつて、化けた踊つた人《じん》語《ご》したといふ奇譚ならば、掃くほども国内に散らばつて居るのである。東京などでもよく言ふことらしいが猫は飼ふ始めに年期を言ひ渡すべきもので、さうすると其期限が来れば居なくなるともいふ。伊豆北部の或村での話に、三年の約束で飼つて居た猫が、どこへ行くだらうかと跡を付けて見ると、谷の入りをどこまでも行つて、或洞穴の中で狐と一しよに踊つて居たといふ。あんまり早速な話で有つた事とも思へないが、少なくとも年期が終ると出て行くといふのが、此地方の常識であつたことだけは考へられる。狐と猫との交際といふことも、奇妙な話だが爰《こゝ》ばかりで無く、弘く東西の府県にも言ひ伝へられて居る。よく聴く話は狐が人の目を騙《だま》す為に、可愛い小猫に化けて入つて来たといひ、或は月夜に垣根の外を覗くと、猫が狐の踊るふりを見て居て自分も後足で立つて同じ様に踊つたといひ、又は伊豆にもあつたやうに、二種の獣が入り交つて盛んに踊つて居たといふのも、二つや三つの本だけの稀有なる記録では無いのである。どうして狐と特別の関係があつたものか、私などには無論答へることが出来ぬが、ともかくも猫の信用は犬よりは一般にやゝ低く、機会が有るならば独立もしかねぬものゝやうに、曾て警戒せられて居たことはあつたのである。

三

能登半島の遥かなる沖に、猫の島といふ島があることは、やはり今昔物語の中に二度まで記してあるが、是は鮑《あはび》の貝の夥しく取れる処といふのみで、島の名の起りは一言も説明せられて居ない。もはや尋ねて見る方法は無いかも知れぬが、或はずつと以前に猫だけが集まつて住む島が有るやうに、想像して居た名残ではないかと思つて居る。それから今一つ、常陸《ひたち》の猫島は筑波山の西麓で、是は島でも何でも無い平野の村であるが、奇妙に安倍晴明の物語の中に入つて、夙《はや》くから其名を知られて居た。土地にも色々と晴明の遺跡があつて、曾ては陰陽師《おんやうじ》の居住する村であつたことだけは考へられるが、やはり猫島の地名の由来を明かにすることが出来ない。たゞ爰でも篠田《しのだ》の森といふやうな狐女房の狐の話に附随して、曾ては猫の不思議を説く者が、有つたのでは無いかと思ふばかりである。

　猫が人間を離れて猫だけで一つの島を占拠するといふことは、現実には有り得べきことではない。彼等には舟楫《かじ》も無く、又希望も計画も無いからである。しかし島人には現代に入つて後まで、鼠の大群が島に押渡つて、土民の食物を奪ひ尽し、暴威を振つた物すごい経験を重ねて居る為に、猫にも時あつてさういふ歴史があつたやうに、想像することが出来たものらしい。八犬伝に出て来る赤岩一角、上州庚申山《こうしんやま》の猫の怪《け》といふ類の話は、いくら例があつても要するに空想の踏襲に過ぎない。猫岳猫山の昔話とても、昔々だからそんな事も有つたらうといふ程度にしか、之を承認する者はもう無いのである。ところが少なくとも島地だけでは、今でもまだ若干の形跡が、現実に住民の目に触れて居るのである。猫ならそれ位なことはするかも知れない。猫の島といふのがどこかの海上に、有るといふのもうそでなからうと、思ふやうな心当りは島にはある。南島雑話は今から百年余り前の、奄美大島の滞在者記録であるが、其中には次のやうな一條がある。曰く又こゝに一つの奇事あり。雄猫は成長すればすべて山に入りて、山中猫多きものといふ。其猫雌猫を恋ふるときは里に出でゝ徘徊す云々とあつて、それでも山に入つたまゝ出て来ぬ雄猫も多いので、此島の雌猫は往々にして仔を生まぬものがあると謂つて居る。山に入つて行くのが悉く雄のみだといふ観察は、必ずしも精確を期せられない。男性に限つてそんな思ひ切つたことをするといふのは、或は人間からの類推であつて、実際は山でも時々は配偶が得られ、従つて又繁栄もしたのではないかと思ふ。

隠岐《をき》は島後でも又島前の島々でも、飼猫の山に入つてしまふことを説く者が今も多いが、爰では雌雄の習慣の差は無いやうである。猫の屋外の食料は動物ばかりで、家でもらふものよりはたしかに養分が豊かである。それ故に家々の猫が是を始めると見る〳〵太り、さうして段々と寄り付かなくなつて来るのである。面白いことには此島には狐狸《こり》が居らぬ為か、彼等のすることはすべてこの猫がして居る。淋しい山路や森の陰には、必ず著名な猫が住んで関所を設けて居る。魚売が脅かされて籠の荷をしてやられ、又は祝宴の帰りの酔うた客人が、夜途を引廻されて家苞《いへづと》や蠟燭を奪はれたといふだけで無く、化けた騙した相撲を挑んだといふ類の、他の地方では河童や芝天狗のしさうな悪戯までを、隠岐では悉く猫がすることになつて居るのである。人がさういふ特殊の名誉を、次々に山中の猫に付与したのでなかつたら、彼等独自の力では是までは進化しさうもない。乃ち陸前田代島の怪談なども、単に我々の統御に服せざる猫が居るといふ風説から、成長したことが類推せられて来るのである。

四

犬と猫との相違は斯ういふ所にもあるかと思ふ。犬には折々は乞食を主人と頼むものも居るが、猫の方がよつぽどうまい物をくれないと、ふいと出て行つてもう還つて来ない。東京のまん中でも空地へ出てバッタを押へたり、トカゲをくはへて来て食つて居るのがある。あら気味が悪いと謂つて見たところで、もと〳〵鼠を給料のつもりで、飼つて居るやうな主人である。あまり美食をさせると鼠を捕らなくなるからいけないなど丶、気まづいことを考へて居る主人である。いづくんぞ知らん猫たちの腹では、ヘンこの家には鼠が多いから居てやるのだと、つぶやいて居るかも知れぬのである。

さういふ中でもいやに長火鉢の傍などを好み、尾を立て喉を鳴らして媚を売らうとする者と、子供でも来るとつい立退いて、半日一夜どこに行つたか、何を食つて居るかもわからぬ者とがある。是は勿論気力の差、もしくは依頼心の程度でもあらうが、一つには又各自の経験の多少にも由ることで、田舎は大抵の町のまん中よりも、其経験をする機会が多かつたわけである。娘や少年の客の前に出たがらぬ者を、関東の村々では天井猫《てんじやう》と謂ひ、或はツシ猫などゝ戯れて呼ぶ例も多いが、是は猫たちが屋根裏に隠れて何をして居るかを、考へない人々の誤つた譬喩《ひゆ》である。人間のツシ猫は決して之によつて、独立独歩の精神を養はうとはせぬのに、猫は是から段々と一本立ちになるからである。猫の方の人嫌ひは、我家が狭ければ他家の天井にも上り縁の下にも潜《ひそ》み、人が見なければ戸棚の中の物をさへ狙はうとする。さうすると忽ちのら猫となり又泥棒猫と罵られるのだが、さういふことは絶対に人間の娘少年には出来ない。

のら猫といふ言葉は歌にも詠《よ》まれて居るから、中世にも既に観察せられたのである。是を妻問ひうかれあるく頃の、猫に限ると思つたのは貴族的で、以前は野らにも彼等の自活する資料が、今よりは遥かに多かつたことを知らぬのである。野らの全く無い都会の地に於ては、今はどら猫と呼んで一段と忌み憎んで居るやうだが、ドラとノラと、言葉の系図だけは少なくとも連綿《れんめん》して居る。話は再び島の猫に戻つて来る。肥前五島《ごたう》の島々でムダ猫と謂ふのが、やはり家出をしたうかれ猫であつた。ムダは野らよりも更に原始的な沮洳地《そしょち》のことで、そこに食物をあさつて戻つて来ようとせぬやつが、一つの名を為すほども此島には居たのである。大抵は家の飼猫よりも太く逞ましく、人が喚《よ》んでも見向きもしないのは同じだが、尋常の野ら猫・山猫の輩《やから》が、物陰に陰険な眼を光らせて居るに反して、是は白日の下に濶歩して、遠くから誰にでも見られ、平気で居た点が殊に痛快である。さうして島に限つてさういふ猫が居たといふことは、私はやつぱり犬が少なかつた為だらうと思つて居る。

五

是に関聯して言つて見たくなつたことは、ほんの近年の出来事ではあるが、薩摩の西北隅の阿久根《あくね》といふ附近の海岸に、鶴類の渡来地として急に有名になつた一区劃の水田地帯がある。所謂天然記念物として是を保護することになつて、最初に先づ村々に、犬を置くことを禁じた。勿論禁猟区だから他からつれて来ることも無い。さうすると鶴ばかりか鴨《かも》に鴫《しぎ》、その他大小色々の水禽《みづどり》が皆集まつて来て、其恩恵に均霑《きんてん》することになり、ちつとは農民の迷惑にもなつた様子である。ところが第二の変化には近隣の猫ども、忽ち家を出て行つてかの五島で謂ふムダ猫となり、太つて活潑になつて遠征を好むやうになつた。鶴には歯が立つまいから御規則を破ることにはならない。春過ぎ鴨類が故郷に還つた後に、再び旧主の家に帰つて来てげつそりと痩せてしまふといふのは、本とうに話のやうな事実である。

四国にはもと狐が居なかつた。さうして狸が徒党を組んで人に取付き、又仲間でも合戦などをした。佐渡にも同様に狐は影を見せず、其代りには二つ山の団三郎といふ狸が長者となつて居る。隠岐でも最近に人狐が渡つたといふ噂はあるが、やはり化ける役は猫に引受けさせて居たのは、言はゞ本職の払底とも考へられる。それよりも一層確かなことは、犬の少なかつたことだと思ふ。丸々居らぬといふ程で無くとも、わざ〳〵大海を越えてつれて行つた人もあるまいから、其繁殖は他の地方と比べて、必ず少なかつたからさうなつたのだらうと思ふ。島に猫の怪《け》を絶たんと欲すれば、犬の輸入に奨励金を出すといふ一策もある。狐を招待すれば猫の方は化けるのを止めるかも知れぬが、是は畜犬税よりも今一段と愚策である。

伊豆の八丈では寛永十九年に、始めて国地より犬渡ると、八丈島年代記に見えて居る。年代記にも載せるほどだから、其後とてもさう平凡な出来事では無かつたのであらう。現在はどういふ計数を示して居るか知らぬが、とにかく此島には山猫が昔から、たつた一種の山の怪物であつて、今でも彼奴のしわざかといふ不思議が、取集めて見たら陸前田代島よりは多かりさうである。我々の英雄近藤富蔵などは、六十年に近い流謫《るたく》の間に、一度も武勇を示す折をもたずに死んだ人だが、それでも何とか谷の魔所を通つて、山猫を斫《き》り殺したといふ誉れを伝へて居る。さうして此島には猫の大いに跋扈《ばつこ》すべき條件は別に具はつて居たのである。小川白山の蕉斎筆記に、古川古松軒の覚書として次のやうな記事を転載して居る。曰く此島は鼠夥しく、島人も制しかねたり。国地より猫を貰ひ帰る者、余ほどの数なりといへども、五十四や七十四の猫にては中々支ふべきにあらず。鼬《いたち》を数百渡さるべき三河口君の思召《おぼしめ》しなりと聞こえし云々。三河口太忠は近藤富蔵の島流しよりも前に、八丈島に善政を布いた伊豆御代官の一人であつた。即ち猫の島の猫は曾て政治家の問題にもなつて居たので、是には又六十年目に一度、地竹の実のなる年毎に、今なほ島人を窘《くる》しめて居る鼠の大群の繁殖といふことが、隠れた他の一つの原因として考へられるのである。

（昭和十四年十月）

忘れもの、探しもの

クラフト・エヴィング商會

どういうわけか僕は、
いつもいつも何かを
忘れているような気がする。

何を忘れてしまったのか
分からないので、ずっと
それを探し歩いている。

ふと、何かを見つけても、
それが探していたものなのか
そうじゃないのか、
僕にはそれも分からない。

思い出せない。
でも、何か忘れてる。

そのうち思い出せるのか、
それともこのまま、
思い出せないのか。

思い出したい。
見つけたい。
探し当てたい。

ああ、これだこれだ、
これだったんだと、
すっきりしたい。

これじゃないなぁ。
でも、これは何だろう？
これも素敵だ。

君は誰ですか？
君は僕のことを
知っていますか？
それとも、やっぱり
忘れてしまいましたか？

いつか、どこかで
会ったような
気もするけれど……
でも、やっぱり
覚えてない。

それとも、
本当は忘れものなんて
何もないのかなぁ。

著者紹介

有馬頼義（ありま　よりちか）
大正七（一九一八）〜昭和五十五（一九八〇）年。東京市生まれ。小説家。父は旧久留米藩主で伯爵の有馬頼寧《よりやす》、母は北白川宮家の出。十九歳で短編集『崩壊』を処女出版。兵役について中国東北部（満州）に渡る。帰国後同盟通信社社会部記者となる。自伝的小説『山河ありき』で名門から逆転した精神史を語る。昭和二十九年、短編集『終身未決囚』で直木賞を受賞。推理小説から社会性のある作品まで多くの小説を遺した。著書に『美貌の歴史』『貴三郎一代』『有馬頼義推理小説全集』などがある。

猪熊弦一郎（いのくま　げんいちろう）
明治三十五（一九〇二）〜平成五（一九九三）年。香川県生まれ。洋画家。大正十五年病気のため東京美術学校（現東京芸術大学）中退。同年帝展初入選。昭和十三年渡仏し、ニースにマチスを訪ねて助言を受ける。二十六年毎日美術賞受賞。ニューヨークにアトリエを構え、二十年間同地で制作を続ける。初期にはピカソやマチスの影響を強く受け、都会的なモチーフによる装飾的な大画面を描く。米移住後は抽象主義に感化され、大規模な抽象画に転じた。祝90祭猪熊弦一郎展で第三十四回毎日芸術賞を受賞。

井伏鱒二（いぶせ　ますじ）
明治三十一（一八九八）〜平成五（一九九三）年。広島県生まれ。小説家。中学時代は画家を志すが、森鷗外を尊敬し中央文壇に憧れた。大正六年早大予科一年に編入。翌年文学部に進み創作に勤しむが友人の死を機に退学。『ジョン万次郎漂流記』で直木賞、『本日休診』で第一回読売文学賞を受賞。広島における原爆の悲劇を庶民の日常生活の場で淡々と描いた『黒い雨』で野間文芸賞受賞。昭和三十五年、芸術院会員。四十一年、文化勲章受章。著書に『山椒魚』『屋根の上のサワン』などがある。

大佛次郎（おさらぎ　じろう）
明治三十（一八九七）～昭和四十八（一九七三）年。神奈川県生まれ。小説家、劇作家。東大政治学科卒業後、国語と歴史の教師を経て、外務省条約局勤務。外国の伝奇小説の抄訳などをしていたが、震災を機に外務省を辞し、文筆に専念して大衆読物を執筆。『鞍馬天狗』などの時代小説で確固たる地位を固めた。昭和三十五年、芸術院会員、三十九年、文化勲章を受章。四十四年、劇作活動に対し、菊池寛賞を受賞。著書に『赤穂浪士』『ドレフュス事件』などがある。

尾高京子（おだか　きょうこ）
大正三（一九一四）～平成五（一九九三）年。東京府生まれ。翻訳家。訳書にベティ・マーティン『カーヴィルの奇蹟』、クーリッヂ『ケーティ（一少女の家庭生活）』、ルース・ベネディクト『文化の諸様式』などがある。

坂西志保（さかにし　しほ）
明治二十九（一八九六）〜昭和五十一（一九七六）年。東京市生まれ。評論家。東京女子大中退。大正十一年渡米、二十五年ホイートミン大卒業後、ミシガン大大学院修了。哲学博士。ミシガン大哲学科助教授、バージニア大教授を歴任、昭和五年からアメリカ議会図書館東洋部主任。太平洋戦争開戦で帰国し、戦後はGHQ顧問。米国通の評論家として脚光を浴びた。石垣綾子の『主婦第二職業論』に〝家事・育児天職論〟の立場から反論したのは有名。著書に『狂言の研究』『血の塩』などがある。

瀧井孝作（たきい　こうさく）
明治二十七（一八九四）〜昭和五十九（一九八四）年。岐阜県生まれ。小説家、俳人。十三歳で魚問屋の丁稚となり、隣家の青年柚原畦菫《ゆずはらけいきん》に俳句を教わる。「ホトトギス」などに投稿、大阪の特許事務所勤務後、時事新報文芸部記者となり、芥川龍之介を知る。「改造」記者に転じ、志賀直哉を訪ね生涯交流した。大正十年処女作『父』を発表し作家生活を始め、昭和三十五年芸術院会員、小説集『野趣』で読売文学賞を受賞。『俳人仲間』で日本文学大賞を受賞。著書に長編小説『無限抱擁』句集『折柴句集』など。

谷崎潤一郎（たにざき　じゅんいちろう）
明治十九（一八八六）〜昭和四十（一九六五）年。東京市生まれ。小説家。大家の坊っちゃんとして大事に育てられたが、小学校卒業時に家が貧窮する。十四、五歳から史伝を書き「学生倶楽部」や「少年世界」に投書。中学で「学友会雑誌」に作文や漢詩を発表し早熟な才能を注目された。明治四十三年『刺青』『麒麟』などを執筆、永井荷風の目に留まり推称される。震災を機に関西に移り住み、『痴人の愛』『卍』を執筆。『春琴抄』『細雪』『鍵』など多数の著作を遺した。昭和二十四年文化勲章受章。

壺井榮（つぼい　さかえ）
明治三十三（一九〇〇）〜昭和四十二（一九六七）年。香川県生まれ。小説家。村の郵便局や役場で働きながら文学書に親しみ、大正十四年、上京して平林たい子、林芙美子、佐多稲子らと知り合う。昭和十年、『月給日』を発表。小豆島の生活、風土に根ざした庶民的な愛情に満ちた小説や童話を書き続けた。昭和十六年、創作集『暦』で新潮社文芸賞、『柿の木のある家』で第一回児童文学賞、『坂道』と『母のない子と子のない母と』で芸術選奨を受賞。『二十四の瞳』が映画化され、話題となった。

寺田寅彦（てらだ　とらひこ）
明治十一（一八七八）〜昭和十（一九三五）年。東京市生まれ。物理学者、随筆家。明治二十九年五高に入学、夏目漱石に英語を、田丸卓郎に数学と物理学を学び、両者から影響を受けた。漱石の薦めで「ホトトギス」に句稿を掲載。東大物理学科に進学、卒業後東大助教授となりヨーロッパ留学。大正五年、東大教授に任命された。物理学者としての経歴を重ねる間に数多くの科学随筆、映画評論、俳句研究の随筆をしるした。著書に随筆集『冬彦集』『藪柑子集』『万華鏡《カレイドスコープ》』などがある。

柳田國男（やなぎた　くにお）

明治八（一八七五）〜昭和三十七（一九六二）年。兵庫県生まれ。詩人、民俗学者。十三歳のとき兄に引き取られて東京下谷御徒町《おかちまち》に移る。森鷗外の「しからみ草紙」に歌文を発表。田山花袋、国木田独歩等と知り合い新体詩集『抒情詩』出版。明治三十三年東大法科卒業後、農商務省入省。法制局参事官、宮内書記官、内閣書記官記録課長を経て、貴族院書記官長を最後に大正八年官界を辞任。日本民俗学の体系化に向けて著作に専念し、研究会を主宰して雑誌を発行した。全国各地の郷土史家の育成と資料収集のための講演旅行をした。『遠野物語』をふくむ学問的果実百三十三冊は『定本柳田國男集』に収められている。昭和二十六年文化勲章受章。

クラフト・エヴィング商會 Craft Ebbing & Co.

吉田浩美、吉田篤弘による制作ユニット。著書に『どこかにいってしまったものたち』『クラウド・コレクター／雲をつかむような話』『らくだこぶ書房21世紀古書目録』『ないもの、あります』『テーブルの上のファーブル』『すぐそこの遠い場所』『じつは、わたくしこういうものです』の他、吉田浩美・著『a piece of cake』、吉田篤弘・著『フィンガーボウルの話のつづき』『つむじ風食堂の夜』『針がとぶ Goodbye Porkpie Hat』『それからはスープのことばかり考えて暮らした』『百鼠』『空ばかり見ていた』『78ナナハチ』『小さな男＊静かな声』『圏外へ』などがある。また、同商會プレゼンツ・吉田音・著『Ｔｈｉｎｋ／夜に猫が身をひそめるところ』『Ｂｏｒｅｌｏ／世界でいちばん幸せな屋上』がある。著作の他に、装幀デザインを手がけ、二〇〇一年、講談社出版文化賞・ブックデザイン賞を受賞。

ちなみに本書『猫』は、クラフト・エヴィング商會・猫派代表・吉田浩美が担当しました。姉妹本『犬』は、クラフト・エヴィング商會・犬派代表・吉田篤弘が担当しています。また、本書に登場した謎の黒猫のプロフィールは以下のとおりです。

シンク　Think

謎を運ぶ「考える」黒猫。どこからかやってきて、どこかに行ってしまうが、いつも不思議なおみやげを持参する。クラフト・エヴィング商會四代目（？）吉田音の著作『Ｔｈｉｎｋ／夜に猫が身をひそめるところ』にてデビュー。続編『Ｂｏｒｅｌｏ／世界でいちばん幸せな屋上』では、時空を越えてボレロなる黒猫にも変身する。

本書は単行本『猫』（一九五五年　中央公論社刊）を底本とし、新たにクラフト・エヴィング商會の創作・デザインを加えて再編集した『猫』（二〇〇四年七月　中央公論新社刊）を文庫化したものです。

本書には、今日の権利意識に照らして、不適切な語句や表現がありますが、著作者が物故しており、当時の時代背景と作品の文化的価値に鑑みて、原文のまま掲載いたしました。

中公文庫

猫《ねこ》

2009年11月25日　初版発行
2010年6月25日　3刷発行

著　者　有《あり》馬《ま》頼《より》義《ちか》／猪《いの》熊《くま》弦《げん》一《いち》郎《ろう》／井《い》伏《ぶせ》鱒《ます》二《じ》
大《おさ》佛《らぎ》次《じ》郎《ろう》／尾《お》高《だか》京《きょう》子《こ》／坂《さか》西《にし》志《し》保《ほ》
瀧《たき》井《い》孝《こう》作《さく》／谷《たに》崎《ざき》潤《じゅん》一《いち》郎《ろう》／壺《つぼ》井《い》榮《さかえ》
寺《てら》田《だ》寅《とら》彦《ひこ》／柳《やなぎ》田《た》國《くに》男《お》
クラフト・エヴィング商會《しょうかい》

発行者　浅海　保

発行所　中央公論新社
〒104-8320　東京都中央区京橋2-8-7
電話　販売 03-3563-1431　編集 03-3563-3692
URL http://www.chuko.co.jp/

印　刷　精興社（本文）
三晃印刷（カバー）

製　本　小泉製本

Published by CHUOKORON-SHINSHA, INC.
Printed in Japan　ISBN978-4-12-205228-4 C1195

定価はカバーに表示してあります。
落丁本・乱丁本はお手数ですが小社販売部宛お送り下さい。
送料小社負担にてお取り替えいたします。

中公文庫既刊より

各書目の下段の数字はISBNコードです。978-4-12が省略してあります。

よ-39-1
それからはスープのことばかり考えて暮らした
吉田　篤弘
路面電車が走る町に越して来た青年が出会う、愛すべき人々。いくつもの人生がとけあった「名前のないスープ」をめぐる、ささやかであたたかい物語。
205198-0

い-38-1
珍品堂主人
井伏　鱒二
風が吹かないのに風に吹かれているような後姿には珍品堂の思い屈した風情が漂う。善意と奸計とが織りなす人間模様を描く傑作。〈解説〉中村　明
200454-2

い-38-2
徴用中のこと
井伏　鱒二
一九四一年、陸軍報道班員として徴用を受けた著者はマレーに向けて日本を発つ。戦地の苛酷な実態を冷静な観察眼でもって描いた長篇。〈解説〉東郷克美
204570-5

カ-5-1
カーネギー自伝
カーネギー
坂西志保訳
貧しい移民の子から鉄鋼王へ。社会福祉に全力を注ぎ、富の福音を説いたカーネギー。アメリカン・ドリームはいかにしてなったのか。〈解説〉亀井俊介
203984-1

た-30-6
鍵　棟方志功全板画収載
谷崎潤一郎
妻の肉体に死をすら打ち込む男と、死に至るまで誘惑することを貞節と考える妻。性の悦楽と恐怖を限界点まで追求した問題の長篇。〈解説〉綱淵謙錠
200053-7

た-30-7
台所太平記
谷崎潤一郎
若さ溢れる女性たちが惹き起す騒動で、千倉家のお台所はてんやわんや。愛情とユーモアに満ちた筆で描く抱腹絶倒の女中さん列伝。〈解説〉阿部　昭
200088-9

た-30-10
瘋癲《ふうてん》老人日記
谷崎潤一郎
七十七歳の卯木は美しく驕慢な嫁颯子に魅かれ、変形的間接的な方法で性的快楽を得ようとする。老いの身の性と死の対決を芸術の世界に昇華させた名作。
203818-9

た-30-11
人魚の嘆き・魔術師
谷崎潤一郎
愛親覚羅氏の王朝が六月の牡丹のように栄え耀いていた時分―南京の貴公子の人魚への讃嘆、また魔術師と半羊神の妖しい世界に遊ぶ。〈解説〉中井英夫
200519-8

た-30-13
細雪（全）
谷崎潤一郎
大阪船場の旧家蒔岡家の美しい四姉妹を優雅な風俗・行事とともに描く。女性への永遠の願いを〝雪子〟に託す谷崎文学の代表作。〈解説〉田辺聖子
200991-2

た-30-19
潤一郎訳 源氏物語 巻一
谷崎潤一郎
文豪谷崎の流麗完璧な現代語訳による日本の誇る古典。日本画壇の巨匠14人による挿画入り絵巻。本巻は「桐壺」より「花散里」までを収録。〈解説〉池田彌三郎
201825-9

た-30-20
潤一郎訳 源氏物語 巻二
谷崎潤一郎
文豪谷崎の流麗完璧な現代語訳による日本の誇る古典。日本画壇の巨匠14人による挿画入り。本巻は「須磨」より「胡蝶」までを収録。〈解説〉池田彌三郎
201826-6

た-30-21
潤一郎訳 源氏物語 巻三
谷崎潤一郎
文豪谷崎の流麗完璧な現代語訳による日本の誇る古典。日本画壇の巨匠14人による挿画入り絵巻。本巻は「螢」より「若菜」までを収録。〈解説〉池田彌三郎
201834-1

た-30-22
潤一郎訳 源氏物語 巻四
谷崎潤一郎
文豪谷崎の流麗完璧な現代語訳による日本の誇る古典。日本画壇の巨匠14人による挿画入り絵巻。本巻は「柏木」より「総角」までを収録。〈解説〉池田彌三郎
201841-9

た-30-23
潤一郎訳 源氏物語 巻五
谷崎潤一郎
文豪谷崎の流麗完璧な現代語訳による日本の誇る古典。日本画壇の巨匠14人による挿画入り絵巻。本巻は「早蕨」から「夢浮橋」までを収録。〈解説〉池田彌三郎
201848-8

た-30-25
お艶殺し
谷崎潤一郎
駿河屋の一人娘お艶と奉公人新助は雪の夜駆落ちした。幸せを求めた道行きだった筈が…。芸術とは何かを探求した「金色の死」併載。〈解説〉佐伯彰一
202006-1

各書目の下段の数字はISBNコードです。978－4－12が省略してあります。

た-30-26
乱菊物語
谷崎潤一郎
戦乱の室町、播州の太守赤松家と執権浦上家の確執を史的背景に、谷崎が〝自由なる空想〟を繰り広げた伝奇ロマン（前篇のみで中断）。〈解説〉佐伯彰一
202335-2

た-30-27
陰翳礼讃
谷崎潤一郎
日本の伝統美の本質を、かげや隈の内に見出す「陰翳礼讃」「厠のいろいろ」を始め、「恋愛及び色情」「客ぎらい」など随想六篇を収む。〈解説〉吉行淳之介
202413-7

た-30-28
文章読本
谷崎潤一郎
正しく文学作品を鑑賞し、美しい文章を書こうと願うすべての人の必読書。文章入門としてだけでなく文豪の豊かな経験談でもある。〈解説〉吉行淳之介
202535-6

た-30-45
歌々板画巻
谷崎潤一郎 歌
棟方志功 板
文豪谷崎の和歌に棟方志功が「板画」を彫った二十四点に、挿画をめぐる二人の愉快な対談をそえておくる。芸術家ふたりが互角にとりくんだ愉しい一冊である。
204383-1

た-30-46
武州公秘話
谷崎潤一郎
敵の首級を洗い清める美女の様子にみせられた少年――戦国時代に題材をとり、奔放な着想をもりこんで描かれた伝奇ロマン。木村荘八挿画収載。〈解説〉佐伯彰一
204518-7

た-30-47
聞　書　抄
谷崎潤一郎
落魄した石田三成の娘の前にあらわれた盲目の法師。彼が語りはじめたこの世の地獄絵巻とは。菅楯彦による連載時の挿画七十三葉を完全収載。〈解説〉千葉俊二
204577-4

た-30-48
月と狂言師
谷崎潤一郎
昭和二十年代に発表された随筆に、「疎開日記」を加えた全七編。空爆をさけ疎開していた日々のなかできれぎれに思いかえされる風雅なよろこび。〈解説〉千葉俊二
204615-3

た-30-50
少将滋幹の母
谷崎潤一郎
母を恋い慕う幼い滋幹は、宮中奥深く権力者に囲われた母の元に通う。平安文学に材をとった谷崎文学の傑作。小倉遊亀による挿画完全収載。〈解説〉千葉俊二
204664-1

各書目の下段の数字はISBNコードです。978－4－12が省略してあります。

う-9-7
東京焼盡
内田百閒
空襲に明け暮れる太平洋戦争末期の日々を、文学の目と現実の目をないまぜつつ綴る日録。詩精神あふれる稀有の東京空襲体験記。
204340-4

か-18-5
人よ、寛《ゆるや》かなれ
金子光晴
すべて楽観的に考えて、せせこましくなく生きることだ——漂泊の詩人であり、自称・不良老人の金子光晴の本領が発揮された滋味溢れる晩年随筆集。
204250-6

か-18-6
這《は》えば立て
金子光晴
明治・大正・昭和を駆け抜けた反骨の詩人・金子光晴。「幼時からこの間のこと」を綴った表題作を中心に、今もなお色あせることのない晩年の随筆を収録。
204399-2

か-18-7
どくろ杯
金子光晴
『こがね蟲』で詩壇に登場した詩人は、その輝きを残し、夫人と中国に渡る。長い放浪の旅が始まった——青春と詩を描く自伝。〈解説〉中野孝次
204406-7

か-18-8
マレー蘭印紀行
金子光晴
昭和初年、夫人三千代とともに流浪する詩人の旅はいつ果てるともなくつづく。東南アジアの自然の色彩と生きるものの営為を描く。〈解説〉松本　亮
204448-7

か-18-9
ねむれ巴里
金子光晴
深い傷心を抱きつつ、夫人三千代と日本を脱出した詩人はヨーロッパをあてどなく流浪する。『どくろ杯』につづく自伝第二部。〈解説〉中野孝次
204541-5

か-18-10
西ひがし
金子光晴
暗い時代を予感しながら、喧噪渦巻く東南アジアにさまよう詩人の終りのない旅。『どくろ杯』『ねむれ巴里』につづく放浪の自伝。〈解説〉中野孝次
204952-9

か-18-11
世界見世物づくし
金子光晴
放浪の詩人金子光晴。長崎・上海・ジャワ・巴里へと至るそれぞれの土地を透徹な目で眺めてきた漂泊の詩人が綴るエッセイ。
205041-9